枝繁葉茂

陳寧——著

獻給我的父親母親

生命是要往前走，但要回過頭來才能明白。

——齊克果《日記》

目次

推薦序

讀陳寧的《枝繁葉茂》

鍾曉陽（小說家）

讀陳寧此書，我想起多年前在赤鱲角的博覽館看電子動畫版《清明上河圖》，從最右邊一路向左看去某種界線漸漸變得模糊，只覺那汴京城裡一切似曾相識。那大街小巷繁華盛景，那衣冠人面形形色色，看著就覺得是舊遊地，而所有的人都是舊相識。

讀過她的散文和短篇小說的讀者都知道，陳寧的世界是個遼闊天地。她有多樣的素質，既是專業寫作者，也是編輯，也做過記者。她愛旅行，曾在多國旅居。她愛好文學與音樂，也涉獵攝影、劇場。在這她的第一部長篇小說，我們可以看到這些素質的完整展示，閱歷與想像開枝散葉，既有時間的跨度也有地理上的——從上世紀八十年代到剛過去的二〇二二年，除了主場地香港也涵蓋了北京、上海、倫敦、多倫多、紐約、台北。一趟路途迂迴的時光旅行。透過一群傳媒工作者從年輕到中年的經歷，她寫歷史事件，寫現象，寫日常，如此認認真真深入腹地細寫了那年代的香港，有虛構有紀實，有解說有典故，有一段又一段經典舊歌的歌詞彷彿背景裡有張唱片一直在播著，文字節制有如明清筆記小說，讀著的時候有時彷彿在讀大事紀／遊記／城市誌／注釋之書。不論來自或不來自香港，經歷過或未經歷過那時代，多少能記認那許許多多具有標誌性意義的名字——街道地標，中外偶像人物、經典電影和小說。倘若將所有這些名字放在一張地圖上，會是一張懷舊情調的時代全景圖。但這懷舊與其說是明月下的不堪回首，更像是目光毫不迴避的深情凝望。這目光所來自的方向隱藏著我們想要看到的底蘊。「世間所有榮華，都是堆砌的幻象」——類似的感悟語遍佈全書，意味著用文字築起這幻海萬象是為了顯示一種態度。「風光有時，退潮有時」，最後留下來的是那些說故事的人，「傷痕纍纍，血淚史說不完」。然而這些說故事的人和他們所說的故事能倖免嗎？由前人走出來的道路將通往何處？似乎是小說末段主人翁葉小路在亂石滾落中向著出口走去的開放式結局所提出的。

從夾敘夾議的多聲部敘事，到多種元素結合的體例，到地道語與典雅語混雜的風格化語言，陳寧好像一點也不介意走自己的路。熱筆寫史，暖筆寫情，冷筆寫無常，如是我們有了《枝繁葉茂》。

推薦序

孑立者的時代素描

陳智德（清華大學中文系副教授）

陳寧《枝繁葉茂》的序章，一開始就講述另一種角度的中環故事，威靈頓街的戰前舊樓間，消逝舊事的夜都市間，敘事者透過小說人物阿凡從中環再回看深水埗，彷彿二者的回顧都發自同一視角。阿凡的職場生命引他流蕩於俗世，經歷過香港和上海的浮華故事，才又回歸深水埗流俗中另有潛流下的照眼非凡。

在序章第六節，作者藉著總編輯阿祖與創辦人在多倫多，道出香港嬰兒潮一代與八十年代成長人的兩種故事間，略帶香港心的微細差異。敘事者筆下的雜誌創辦人的生活態度是「自覺老派優雅」，政治眼光則是回歸前「見勢頭不對」，預早排好一切，然後「施施然撤退」。小說敘事者暗示有另一種更迷茫的香港心：「阿祖在水中央，四野茫茫。天色漸暗，前路依稀可辨，他閉眼讓夜色穿透。回家的路，只有一條。」

小說由此講述不同時代的雜誌人、傳媒人的故事，其間的政治變局和科網潮，淘洗業界，也洗刷著小說人物阿祖、瑪麗、阿凡、趙之任，小路等人的生命。閱讀《枝繁葉茂》，讀者可以讀出一個年代的香港雜誌文化、一種香港雜誌的心。

在序章之後的第一章，敘述小說主人公小路的中學成長歷程中，附帶香港流行音樂以至潮流文化發展的印跡，還有同學寶兒、珠珠、佩雯等人物的，從另一角度道出八十年代人的成長背景；當中有所差異的仍是每一獨立個體，在文化態度上的取捨，而這小說的特殊性，也許正在於那共同時代的人物性格、態度和生活以至生命間的取捨。

第二章是小路、何敏及其同學的大學故事，同樣是一種消逝時代的集體側影，在大敘事中不會、亦無法涉及；唯在文藝敘事中顯出這側影的光華，輝映的正是一種特立的人性。小路的大學故事間，夾雜幾次到中國的交流或壯遊，文字細節間，同樣道出一個消逝時代的流動心跡，彷彿那不管是集體或個人角度的香港心，都包括地域經驗上的駁雜不純。

第二章第五節寫小路、唐尼、何敏、戴力的新聞系實習經歷，敘事角度道出大學生角度的世界觀，好奇而無法不感到迷糊，呼應小路的畢業功課一節，結束前，不輕意地歎息戲劇與人生之別：「戲劇迷人，一聲NG，總可重來，手起筆落，改寫劇本。現實不然，一個回頭，已是隔世」，當中可有呼應作者的歎息，在小說故事與消逝的香港心之間，也許更難以二分或歸類。

緊接是第六節書寫畢業後，現實工作既是磨鍊也是磨蝕的過程，百萬種愛情，總離不開現實與理想的掙扎，敘事者輕淡寫出愛情掙扎間的流失，亦不忘借另一人物，司機小康的遭遇，道出新聞工作另一種不為人知的摧殘健康的現實。

不久，就到了一九九七。在這第七節，小說敘事猶如主人公小路的視角，出以一種新聞報導式的「平衡報道」，徘徊往返於殖民與回歸的歷史時刻，卻由此而逆反了往後政治正確式的去殖回歸倒數敘事，讀者可以感受，彷彿，往昔那原初的香港心，至少有一部份是與「平衡報道」式的視角伴隨相關；此外，一種城市生命的成長史，亦有如個體生命的成長，呈現的關鍵仍在於敘事者的視角，在小說或文藝的角度而言，取決於作者在文化態度上的取捨，造就這小說的特殊性，處處表現於主人公，小路的細微觀察，以及敘事者制約情感的筆鋒，透過小路的「最後一夜，惘然收筆」，仍為那大時代的轉折，留下一撇哀淡情懷。

回歸後就是小說的第三章，小路的英國留學故事，呼應九七前後的移民、鄉愁與回流情狀，其間人事、世態、情懷嬗變，小說仍以淡筆留痕，最迷人的，始終是小路和周可怡兩位，幻變中展露孑立女性特有的清雅：「風中散步，吹散憂愁」，《枝繁葉茂》這小說，在時代故事的敘述與香港心之追懷以外，最迷人的是書中的淡筆，書寫面對變動中的人物，不輕意間呈露的幽淡清雅情懷。

新科技、新媒體衝擊傳媒業界，以至整個人間，小說敘事者透過小路這人物的新工作環境，對於新世紀和網路世界，處處是欲語還休的反思。之後是沙士疫情，以至保衛天星碼頭、保衛皇后碼頭等社會運動，回到新聞觸角與眼界的敘事，似攝影鏡頭般，有遠景、有特寫。

在這第三章第六節，讀到小路、阿凡和趙之任三人沿木箱攀梯爬上皇后碼頭頂蓋平台，得閱從未曾有之視野；筆者不禁想起自己的相同真實經歷——實在是我們那一代人、那一共感於城市憂患者的共同經歷，想起我以「陳滅」為名寫出的〈風景十四行〉、〈幻景十四行〉，同是寫爬上皇后碼頭頂蓋平台所見之景，這風景，在陳寧的這本小說《枝繁葉茂》中，出以速寫素描般的新聞敘事，平衡中仍隱伏著一種民間角度的敘事，結合陳寧本身的作者風格化淡筆，最後以民間的幻景對比出清場的結局，讀至小說的淡筆這一段收結：「昨夜還像嘉年華會現場的皇后碼頭，已變成廢墟地盤，等待被夷平，填入新內容」；對比出具體的而急遽的變局，教回首者仍不禁在消淡的壓抑中扼捥。

《枝繁葉茂》是小說主人公小路、一位孑立女性的故事，也彷彿是陳寧的故事，也彷彿是我們的故事。第四章來到二〇一五年及其後，時代與人物共構出抑鬱與抗衡，城市到處都有當時未知的最後送別，是城市變得更二元分化了嗎？還是人間變得更二元分化？小說接近最後的第四章好幾個段節間，不時有抑鬱、哀思、守候和自我療癒，寫出一個受傷的城市，也是受傷的你和我。

終章的起始，是我們猶有餘悸的大疫病年代，敘事者再以新聞筆法記述，一個從抗爭走向創傷以至審判的城市，「有些事情發生了，永遠改變了一些風景」，我們都了解，城市的什麼風景改變了，經歷多年的閱讀，彷彿就是多年的共同；但在這近似集體的現實和閱讀小說的共構經歷之間，《枝繁葉茂》留給我們和這時代的，仍有最深藏的、並非人人能解的深意：只有山徑上踽踽獨行的孑立女性——小說主人公小路，在森林咆哮、亂石滾落的時代中一直走一直走才能得知的故事。

二〇二三年七月一日寫於台北市文山區景美溪邊

序章

01

阿凡死時，獨自在家。飲飽食醉，坐在桌前玩電腦。牆上掛鐘嗒嗒響，小狗在椅旁蜷伏，唱機上還播著音樂，一切尋常。倏忽之間，眼皮沉重，漸漸睡去。而不再醒來。

他可知否，這就是死亡。

半年以後，梅梅他前女友，來尋小路，說前夜夢見他。分手後十年沒見，如今竟來夢中相會，梅梅於阿凡心中，是可託付之人。

梅梅說，夢中阿凡領她去舊居，「剛知自己已死，神態輕鬆，帶我去行，行去舊居，他說要變主題生活館。」梅梅閉眼憶起，這舊居昔時樣子，沙發放中央，書櫃依舊一排，唱片仔細分類，可喝茶可飲酒。笑意盈盈，舊歡如夢。

梅梅不知道，阿凡舊居已清空。小路轉告賓尼，賓尼說上月在深水埗地攤，執到一堆CD，是從阿凡家中清出來的藏品。「沒有了，什麼也沒有了。」

家當盡散，他就醒來，知道自己已經到了那邊。未完的心願，要託活著的人去完成。夢是唯一的路徑。從那邊到這邊。

那邊的世界，什麼都沒有失去，他和珍視的事物永存。過去得以完整保存。留在這邊的人，面對散落一地的碎片，殘缺，衰老，不安。

02

阿凡追悼會，選在中環，九九酒吧。

威靈頓街上，蓮香樓斜對面，戰前舊樓一幢，二樓有騎樓露台，置一長椅，讓人抽煙看街景。入夜之後，中環換衣裳，紅男綠女燈影下街上遊蕩，酒後放聲高歌，喧囂沸騰，酒吧有即興爵士樂。

追悼會在星期天下午，日光日白，阿凡的親朋好友仇人，黑衣黑褲黑裙，爬窄小樓梯，先上閣樓看紀念影片。還差一年，阿凡滿五十歲。一生凝聚於三四分鐘，幾許人面掠過，飲食場面居多。

默哀開始，時間是四月十六日下午三時，之前的一分鐘。這一分鐘，是《阿飛正傳》，旭仔和蘇麗珍的一分鐘，今天是阿凡的一分鐘。陽光無聲穿過騎樓，曬在階磚地上，街上有人響號。結束後，啤酒端上，眾人舉杯致意，這原是阿凡喜歡的場景，不要憂愁。凡事歡歡喜喜的來，高高興興的離。

阿祖提議，何妨逐一說舊事。小路靜立角落，看這群人，像從前在派對或酒會，穿得要型吃得刁鑽，一絲不苟。浮華如夢，他們認真對待，物質是精神，形式就是內容，意義說有就有。

「阿凡，好走，不要回頭。這裡已經沒有事情值得你留戀。」

「你別怪我，我直話直說。你人呢平時愛走精面，又計較，講真做人太倔，有時難頂。但相識多年，有難時你會在我身邊，算有義氣。」

「這二三十年呢，叫做黃金時代，我記得我們這班人，食過玩過精采過，沒有白過。你只是睡了，一生有福。」

阿凡死前兩三年，他們其實已不大聯絡，各走各的路。趙之任他最好的朋友，早在上海安了家，今趟特地回港，只為送他一程。趙之任喝啤酒，只聽不說，閉眼沉思。爾後他告訴小路，中環不再是我們地頭，阿凡更愛深水埗。

置身這群人，阿凡曾自覺樣樣差一點，外型不及阿祖，才華不及趙之任，名氣不及李利，唯有嘴刁和草根，傲視同儕。然而他運氣不差，趕上城市最好的時光，當時尚雜誌總編威風過，給英國人打工，給大陸人打工，給香港人打工，一路過關，在老去之前安息。走過的路，回頭看去，沒有錯失，就算圓滿。

03

一九九三年六月三十日，趙之任和阿凡，在紐約相熟起來，日子記得清楚，因為這天，家駒死了。他倆本不認識，在紐約同時借宿賓尼家中。死訊傳來，氣壓低沉，難過得不行，阿凡非要出門走走。二人就去了中央公園，繞圈一直走，也不說話，直到走累了，買來啤酒，喝醉才回家。彷彿死過翻生，兩個香港仔，突然有了患難的情誼，從此莫失莫忘。往後半生，工作生活交織，見過好景。

阿凡入行，且是趙之任牽的線。從紐約回港，阿凡做設計，公司不久執笠，他去灣仔看戲，在藝術中心遇到趙之任，原來他也回來了，做傳媒。阿凡問有沒有工介紹，趙之任說在辦一份報紙，很忙，什麼都要做，阿凡說我什麼都做，趙之任叫他第二天上班。

那時快到九七，很多人移民，走了的人空出來的位置，由更年輕的人補上。趙之任和阿凡很快站穩了，經濟無慮，工作稱心，做了不久就有人挖角，每次都升職加人工。千禧轉角，瀰漫末日氣氛，但對於未來，他們沒有多想，有空就去泰國散心。在蘇梅島用草根的價錢，過帝王式享受，阿凡的話。

回歸之後，開展北上大潮，各行各業湧動。趙之任和阿凡工作的時尚雜誌，被大陸老闆收購。趙之任搬到上海，十里洋場浪奔浪流。

阿凡最初不願北上，說香港仔不適應，水土不服。看到趙之任事業開花，情場得意，他不甘落後，也去體驗一番，調到上海分公司。

一個周末，小路出差到上海，阿凡馬上安排飯局，小路也叫上台灣人安然，廣告公司的朋友。

約在福州路，吃家庭上海菜，趙之任選的餐廳，由他做東。小路和安然結伴先到，上二樓包房坐下。不一會，趙之任和阿凡進來，兩位美女緊隨，阿凡介紹，語氣一貫輕佻，廣東話故意說給小路聽：這是丁丁和琪琪，我們辦公室的絕代雙嬌，地道上海女。

一張大圓桌，六人分坐，有如南北會談楚河漢界。小路和安然在南，趙之任在北，右丁丁左琪琪，琪琪左邊是阿凡。小路一看，就知道丁丁在下風。丁丁長得標緻，典型滬上美女，但有點傻氣，論世故手腕，在琪琪之下。琪琪稍年長，五官不及丁丁突出，然眉梢眼角有風情，笑裡藏針，氣勢非一般。

一頓飯下來，琪琪施展功夫，打點妥當，進退有序，海派女主人架勢顯現。尚欠一道菜，遲遲未上，琪琪離席，走出廂房，腔調一轉，下命令：「那個醃篤鮮怎麼了，我們有客人，不要給我丟臉，快上！」語畢回席，復堆滿笑意，聲音放軟，溫柔若水。「唉真失禮了，這裡的人就是笨，不罵不行。」

吃蝦時，丁丁和琪琪二話不說剝殼，蝦肉放趙之任和阿凡碗裡，手勢熟練。菜有美女夾，蝦有美女剝，趙之任和阿凡大爺上身，眉飛色舞，阿凡望向小路：港女，學嘢啦。小路狠瞪回敬，又瞥瞥身旁的安然，她倒鎮定，低頭默默吃菜。

飯罷，安然要回家趕報告，招了出租車先走。阿凡也說，吃得太飽要扣喉，誰都知道，他是約了在香港的女友，視像聊天。餘下四人，丁丁拉著小路的手，說去吃小龍蝦，她們剛才沒吃飽。小路一聽，覺得不好意思，就跟了去。

紅澄澄的小龍蝦上桌，丁丁和琪琪終於鬆懈下來，一隻接一隻，很快消滅一盤，再來一盤。餐廳很小，每桌都叫一大盤，看去漫天遍地紅紅黑黑，滿滿辣椒花。趙之任只喝酒，後來也吃一點，這次他自己剝小龍蝦，戴著餐廳提供的透明膠手套。小路實在吃不下，只管看他們吃。丁丁見她不吃，就說，小路姐姐，我幫你剝。琪琪也補一句，唉呀，小路姐，你怎麼不吃呀，來，我剝給你。小路忙說，不用不用。到後來，倒不禁笑了起來，趙之任斜睥她。

過兩天，安然約喝下午茶，說當初來上海工作，淡淡然，「我就想過來看看。」安然修佛，不惹塵埃。小路點頭：「有時我分不清我在哪裡。」「對，有時在靜安的巷弄，覺得怎麼像台北呀，台灣人也多。」安然又說：「那夜的場面真有趣，丁丁和琪琪，我倒有興趣知道，她們未來幾年的發展，以後會變成怎樣的人。」這一切，像這個城市，上足了鍊，未來有很多可能，誰也不能輕看她們。

小路想起第一次遊上海，和大學同學何敏。九十年代的上海，百廢待舉，大世界哈哈鏡一樣新奇。一趟夜遊，坐三輪車，淮海路晃一圈，路人都朝她們看，只因她們穿戴的，和別人不同。那一次，小路按旅遊書推介，特意往百貨公司，買一支上海牌手錶。機械錶，上鍊的，黑皮錶帶經典款，何敏看著喜歡，也跟著買了一支。回港後，戴了幾個月，給同學看，圖個好玩。沒多久，錶擱在抽屜裡，指針停頓。自然可以重新上鍊，然而她們早沒了這番心思。

外灘風景，像布景板，愈換愈璀璨。

那時候，香港人吃香，有視野，懂英語，大陸企業最喜歡南來挖角，高薪請上去，配房配車，美女秘書，應有盡有。無他，請一個香港人，談生意光是門面就夠用，也算國際元素，總比請洋人便宜，而且洋人不懂中文，溝通有困難。然後是台灣人，開價平一點也願意來開荒，光是上海就住滿了五十萬台勞。早年上去發展的，九十年代初，賺夠就抽身，買房退休。千禧年後上去的，趙之任這批，處境仍算優越，還能自我感覺良好。只是不消十年，要追趕的大大趕上來。什麼到位不到位，統統成了廢話，留在上面的香港人，沒了優勢，被取代，被解僱，也有一大把。城市無法掌控自身命運，隨波逐流的人多甘願。小路在一個論壇，關於城市發展的，聽得上海某名士直陳：香港人是優越感受創，還是什麼創傷，覺得被迫害，被邊緣化嗎，但是，這很正常啊，我們上海以前，也有一段長時間很慘，我們也曾風光過，夜上海啊，東方巴黎啊，上海灘啊，現在輪到我們了，這很正常啊，有一句老話，十年河東，十年河西……

跟趙之任同期上去的，還有阿祖，留了一兩年就走。上海一線城市，時尚開放，外資活動頻繁，最易融入，但生活細節，風土民情，他總覺格格不入。

阿祖港產藍血貴族，港大英文系畢業，普通話吞吞吐吐，還不如說英語，寧願回到老巢，在中環和東京之間遊走。這場北遊記，浩浩蕩蕩，開了眼界，港仔喝過北水，知所進退。阿祖全身而退，留下優雅身影，在滬上廣為傳頌。

04

阿凡在上海，只待了三個月，還是適應不了，最終要求調去廣州分公司。「至少周末可以返香港」，他在MSN上鄭重宣告。

廣州跟香港相近，不僅是地理距離，也是心理上的。講廣東話同聲同氣，阿凡感到自在。我是魚，廣東話是水，魚離了水，就會死，他逢人就說，手勢作垂死狀。

在廣州他宅活，下班便回家，煮飯。然後窩在沙發看劇，美劇、日劇，看一大堆。又上網訂經典老電影，賣家很多，他選好片單，付了錢，快遞來一整個硬碟，什麼年代什麼類型，全部齊備，一目了然。「挑，方便到不得了。」大事他幹不了，但這些小情小趣的門路，他比別人都有辦法，成為香港同事每事問的專家，誰遇到生活疑難就想起他。如果要為自己留下歷史美名，阿凡希望，人們記得的是，他是一個麻甩佬，對生活有要求。

每逢周末，早班車他就回香港，直奔深水埗，他的大本營。以前住過區內唐樓，搬上山後，食買玩也離不開，反而愈來愈少過海。年少愛蒲，在中環在尖東闖蕩，中年之後，柴米油鹽接地氣，賤物鬥窮人的社區，更切合千帆過盡的心境。

聲名遠播，大陸年輕同事出差來港，必找阿凡帶路，遊一趟深水埗。不是中環明顯亮麗的貨色，買名牌行置地 Landmark 名店，有他帶路的深水埗，就是不一樣。

「我告訴你們，不要看不起深水埗，沒有深水埗，香港什麼都不是。」這是阿凡的開場白。

深水埗有兩個 landmark：黃金商場和鴨寮街，前者是平民科技樂園，後者是麻甩佬欲望市場。「麻甩」這個詞，在阿凡眼中，名貶實褒，表面是往下流的大叔，實質不拘小節，有容乃大。麻甩文化，是深水埗的美學核心，也是一些動力的源頭。

就從黃金商場的翻版說起，如何一手推動電腦用戶普及化，培訓本土砌機（自組電腦）人才，堪稱香港矽谷。遠在政府的什麼科學園大計和數碼港未成形前，這裡已經風起雲湧。電腦場流行周期短，只要有一個月沒來，就有點落伍。

鴨寮街的盛名，以前可比東京秋葉原，凡電子零件種種奇怪器材物料，想到的一定價廉物美，想不到的也包羅萬有。不是有個發明天才「星之子」嗎，他老爸都在鴨寮街買機給他拆，從解構了解結構，從小拆拆拆，就做了發明家，還得了獎，美國人用他的名字命名小行星。

在中環買名牌，在深水埗也買名牌。不過是剪牌的，同一件外衣，剪去牌子，價錢不到百分一。幾千蚊一件的名牌外衣，貴族落難，來到這裡，幾十蚊有找。阿凡指著路邊攤檔一籮出口衣物，翻出來給大家看，外來客半信半疑，「我的底褲都在這裡買。」馬球牌，CK，你要什麼，齊碼齊色。寶物尋歸底，他在籮底找到幾件美國H字頭白Tee，即場入手。眾人恍然，跟著在籮裡尋寶，方不枉此行。

很多人一聽深水埗，只得一個窮字。這也錯不了，但窮人過生活，並不平淡，色彩豐富起來，也是教人吃驚。道理如是，就因為窮，對待平凡的東西也想盡辦法，使之不平凡。平民美食，簡單如豆腐，北河街上，一輩子只賣豆腐的公和，做出的豆腐不止一種：

豆漿、豆腐花、豆卜、煎釀豆腐……冷熱甜鹹，是豆腐界的百變巨星。

講吃，阿凡講不完，先帶隊在街邊大牌檔坐下。「這店未紅前，我已來吃。酒樓到處有賣的脆皮燒腩仔，出自這裡，信不信由你。」信眾聽得痴了，特別是小妹妹們，也只好信了。

這張私房飲食地圖，以深水埗為中心，輻射出去，廣及大角嘴、油尖旺。如官仔骨骨的阿祖，正宗港島人，難得過海，也願隨阿凡去大角嘴，冬天穿著羽絨，坐街邊吃炭爐火鍋，吃的是風味。

多年前，有一次，阿祖、阿凡、趙之任幾個男人在油麻地後巷吃火鍋，聊著聊著，認為他們這代人應該出版一本合集，記錄這個末世，大計初議，一拍即合，即時決定由阿祖牽頭。此時，旁邊一桌黑社會，酒到深處，一言不合，忽然翻桌而起。群雄四散，追逐打鬥一輪，過後平靜下來，各人又再歸位，加炭繼續把火鍋吃完，阿凡由始至終拿穩碗筷，吃他那牛柏葉。

那本說好要出版的合集，拖了又拖，漸漸沒了下文，也無人在意，像飯桌上說出來的很多夢想，拍電影，寫書，辦雜誌，開餐廳，買地起屋，最後都繼續停留在夢想階段——

沒有實踐也就沒有失敗。正如每一個年代都說是末世，結果末世來了又再來。

05

這群人之中，瑪麗第一個出書。不過她寫的不是城市史，而是個人的品味發展史。她穿衣有一套心得，必得在品牌未紅前先穿，贏的是眼光。從傳統女校出來，她的爭勝心，根深蒂固。每次出現，她確保自己是主角，眾星拱月那輪月，啊不她是太陽。謙虛不是她的風格，「那是留給不夠好的人」，她理直氣壯。豔光四射，氣勢壓場，「瑪麗皇后」外號，非她莫屬。

欲戴后冠，必承其重。這部個人作品，瑪麗皇后紆尊降貴，向子民細細道來，城市的衣妝，怎樣一步一步走來，發展出sophisticated低調奢華，型在骨子裡。「人穿衣，不是衣穿人。」她自己的衣櫃，正是真實寫照，書中幾十版彩色拉頁，有她每天全身裝扮圖片，風雨無改。造型天天不同，隨心情工作天氣轉換，沒有一天重複。這樣的事，同行嘴上說說要做，都說了幾年，只有瑪麗皇后，真的做了出來。

新書發布當日，阿祖、趙之任、阿凡齊集會場，助陣打點，李利帶齊攝影器材，在旁拍攝花絮。皇后出場，來個反高潮，一身簡約，白衣白裙，紅唇襯托得更烈焰。書店擠滿粉絲，據說從十多歲開始，看她的專欄學習品味，都來親睹偶像風采。瑪麗睥睨眾生，分享一路所見所聞，見盡潮起潮落，眉宇間傲氣依然。漫長故事，該從何說起，她未嘗猶豫，決定從參加大學舞會，到JOYCE買舞衣這事說起，思緒飛躍，如火車飛馳，景色逐一後退，直說到去安特衛普找尋六子，她竟給自己的傻勁感動了，喉頭微有哽咽，停了下來。

透過瑪麗的眼眸，觀眾也彷彿看見了她看見過的，最好的時光，最好的人物，最好的衣裳。

他們以為這就是他們未來的路，他們要繼承的遺產。卻不知道，建立起來的東西，往往以無法想像的方式毀滅。路斷了，前無去路，後有追兵。這城市的幻影，時裝的，及其所代表的，都在瑪麗回頭之時，鑄成鹽柱。

一個人不能走進同一條河兩次，原來，一條路也不能走進兩代人。

瑪麗直覺靈敏，總一眼看穿，品牌或人成不成，能不能紅。書出版之後，瑪麗強烈感應到，這是她的生命一個重大轉折，只是她沒有想過，那是要通往什麼方向。

小路在派對裡初見瑪麗時，皇后已從時裝宮殿退下來，慢慢轉型去心靈系。她開始反省，從前的過度消費行為。趁著搬家，她把大量藏書清掉，一本本從米蘭搬回來的，那些厚厚的設計書籍，每逢靈感枯竭，必能帶來新鮮刺激的讀物、圖冊、雜誌，全部成了無用的身外物。她辦開倉活動，把不再穿不再用的衫褲鞋襪，逐件散去。

有人的地方就有是非，她的舉動不免惹來批評，圈中有人說她搞噱頭，高舉心靈大旗，一樣鼓吹消費，只是消費品現在變了靈性豪華團。瑪麗皇后，本性難移，我行我素。罵她的人，一邊罵一邊追看她的文章。

一天午後，小路在利園遇見瑪麗，因為距離有點遠，就沒有喊她。在人來人往的銅鑼灣，這難得清靜的小區，瑪麗在路邊徘徊，罕有失神，手上拿著太陽眼鏡。她只塗上淡色系口紅，還穿著前夜去派對的一襲紅衣，臉色蒼白。張望了一會，瑪麗戴上太陽鋃鏡，快步走過馬路，轉進樓上商場。

瑪麗眼神犀利，過目難忘。對多數人第一印象，她是從頭到腳，掃描一樣，掃過一遍，大致辨識那人品味定位。普通人不易得她歡心，送來禮物，不管是什麼，若然不符審美觀，她轉身丟進垃圾桶，不留情面。可是給她看上的，她非要捧上天不可。要看過多少美好風景，才有揮霍的本事，不為平庸逗留。要有多自信，才不甘妥協，只堅持最好的。

利園遇見瑪麗這幕，教小路驀然想起，跟瑪麗惺惺相惜的張小姐。時光倒流，倫敦哈羅氏百貨店外，少女小路遙遙看見張小姐。當時張小姐，是城中潮流領導，買什麼戴什麼，瞬變名媛瘋搶的指標。小路和張小姐隔著一條斑馬線，狗仔隊追捕效應日子有功，張小姐知道自己被認出了，立馬把頂在頭上的太陽眼鏡，摘下來戴在鼻樑上，從小路的身邊，斜斜的婀娜貓步過去。天生明星格，小路暗忖。

瑪麗的文章，後期常寫到張小姐。兩個女人，同樣唯美至上。離婚後的張小姐，絕跡BALL場，沒了她的夜宴，少了精采。名人版記者露西，久不久歎氣，BALL場現在多無聊，「無嘢睇。」每個人臉一樣的，服飾一樣的，言行暴發戶，不懂得收斂的藝術。

北上大潮，瑪麗曾隨阿祖他們加入。大陸傳媒人給她封號，譽為華人時尚先驅，她的市場潛力無窮，可沒多久，她就意興闌珊。「唔係個個都想北上搵錢。」瑪麗沒有預計得到，張小姐後來倒真正在大陸紅起來，開微信靠帶貨賣廣告賺錢，數以萬計粉絲膜拜她的好品味。

大陸記者來訪問瑪麗，她沒有掩飾她的倦意，對他們搖搖頭說，香港這套，你們覺得可以複製過去嗎，就算器官移植，也會排斥的，抽空了脈絡的故事，只是一副皮囊，空蕩蕩的。我上星期去北京，看港式名店開幕，品牌沒錯是一樣的，但氣氛不對。氣氛怎麼不對，你們去中環走一圈，去置地歷山大廈太子大廈呀，你們走一圈回來，就知道什麼不對勁了……瑪麗還想說下去，品牌公關阿姐卻說，採訪時間到了。

瑪麗沒有錯，她的觀察沒有錯，她的分析沒有錯，她的傲慢若是偏見，也是合理的。她說的那家名店，業績果真普普通通，有時店員還比顧客多，恍若空城。就連大陸豪客也覺察，他們要真切的感受，不是移植過來的假象。他們嚮往已久的，聞名不如見面的，只有在發源地才能得到真實。有一些人，乾脆南遷過來，投資移民香港。中環置地咖啡店，坐滿他們和他們的族人。港島半山獨立屋，十家有八家，落入超級中資掌舵人手上。新香港人，他們如是指認。

後來的趨勢，如瑪麗所預言。然而，她看到了開場，卻看不到終局。二〇一四年三月，瑪麗在醫院病逝，腦癌。

06

阿祖和瑪麗，情同兄妹，同期港大畢業，加入雜誌社。初出茅廬，他們相約去派對，當彼此舞伴，見識名利場。瑪麗的皇后氣場掩不住，沒兩年給挖角，另起爐灶。阿祖長情，從編輯做到出版人，晃眼中年。

瑪麗出殯當日，阿祖在西貢，駕小船出海。難過的時候，他需要獨處。到海中心，關掉引擎，甲板上他躺下，浮蕩浮蕩，他望著天，思緒飄遠，海風吹來，拂過他的臉，他望著雲，呼出煙圈。

西貢有美麗的海，阿祖告訴阿凡，不用大老遠去泰國，幾好的東西，香港都有，西貢海底，有珊瑚，很多人來潛水。阿凡說去蘇梅，不僅為了海，還有食物、人情、風味，「三個字：平靚正」。

阿祖去過很多地方，出差或渡假，始終覺得香港最好，有山有海，開車一小時必到，轉個彎就是。他有一位外國朋友尊，出生在歐洲內陸城市，從沒看過海，第一次來香港旅遊，特別想去看海，不是維多利亞港，兩岸插滿大廈的明信片，他要真正的大海。尊說，電影裡看過，海風呼呼吹。阿祖帶他去西貢大浪灣，一個下午，看飽了海。風太大，眼裡都是沙，尊雙眼通紅，回程抹了一把淚。海是這樣近，他回家後寫來電郵。

每當有煩惱，阿祖到海上，風吹來，讓浪把它們帶走。他記起，雜誌要賣盤的一個下午。

老闆約他在文華喝咖啡，說有大陸商人想收購雜誌社，雜誌照常出版，編輯部不裁員，全體員工過渡新公司。「條件很好，」老闆說。「我覺得我也是時候退下來。」阿祖沒有太驚訝，畢竟不是全無風聲，這年頭，變化說來就來。他知道老闆做了決定，跟他商量必有其他原因。果然，大陸買家要求，阿祖留任統領大軍。阿祖經驗豐富，跟廣告商關係好，買家計算清楚，優勢在哪。老闆生意範圍廣，雜誌只是其中一件玩具，交際應酬附庸風雅，總用得著，反正有一群忠心員工，營運不費心。倒是這大陸買家，頗有背景，出手闊綽，老闆藉著這筆交易，順便跟對方建立關係，說不定大陸生意也有合作空間。

老闆的如意算盤，阿祖不是不知道，但仍讓他有點苦惱。他快速盤算，編輯部不裁員，但有人不想留下，有人不想賣給中資。不是沒有別的投資者曾經出價，英資、美資，甚至馬來西亞、新加坡公司，最後都談不攏。

他們的定位，是一本完全屬於城市的雜誌，結合文化和時尚，開創潮流，多年來建立起形象，有一群熱心的追隨者，依他們的指引，去JOYCE買衫，去太子大廈買床單，去辰衝買英文書，去大會堂看戲。他們找最頂級的形象指導，教讀者穿衣化妝。有了外表，再搞內涵，讀什麼書，看什麼電影，聽什麼音樂，列出清單。明星上來拍封面，再大牌都要給他們擺布，改頭換面最好，當紅的要平凡，膚淺的要給一點文化氣質。美術總監阿占常說，沒有不要緊，扮下扮下，就有了。

從無到有，這地方，曾幾何時，熱衷編造自己的神話。一百六十年前，有個英國外相形容香港，只是一個荒島，什麼價值也沒有。（A barren rock. Oh Lord Palmerston!）然而它有本事，把石頭變成珍珠，東方之珠，羅大佑唱了。（東方之珠／整夜未眠／守著滄海桑田變幻的諾言）

阿祖讀大學時，市面雜誌只有娛樂和女性兩類，他沒有興趣，去書店找外國雜誌，發現這本城市雜誌，氣味相投，成了忠實讀者。畢業看到編輯部聘人，寫信去應徵，從讀者轉做編輯，一做十多年。曾有去意，想看外面世界，也有大企業找他做公關，最後仍然留下。雜誌人形象鮮明，他跟它的生命綑綁一起，沒法子離開。

老闆只是第二個老闆，當初聘請阿祖的老闆，是雜誌創辦人，回歸後把雜誌賣走，全家移民加拿大，閒時種花養魚。

前兩年，阿祖去多倫多探望創辦人，坐在他的花園喝酒，創辦人說這兒生活，「平淡，你可以說是無聊，不是人人都可習慣。張國榮就不習慣，他住了兩天受不了太靜就回去。」但他閒得住，春天賞花，夏天剪草，秋天掃葉，冬天鏟雪。退休後開發下廚樂趣，大時大節在家宴客，想要熱鬧從來不愁。

「這叫好食好住，上了岸。」阿凡聽完阿祖的遊記，補充這一句。

多倫多住了真多香港人，大多八十年代就過來，把城市生活封存起來。這裡有港式麵包店，阿祖吃到了童年味道，在香港反而漸漸吃不到了。電視台新聞報導員，也還是他小時候看過的。人面依舊，桃花何在。阿祖他母親有點腦退化跡象，這些熟悉的臉孔，可會勾起她記憶。

創辦人開車，帶阿祖去尼加拉大瀑布。水流急湧，氣勢磅礴，岸邊貼滿警告標語，提醒遊人注意安全，慎防失足。「但每年還是有很多意外，」創辦人說。「人就是這樣，愈是危險的東西愈是誘惑。」

觀景餐廳坐下，看不斷的流水和遊客，聊故地故人。創辦人勸阿祖，多去外面看看，別老窩在香港，雜誌社太小。阿祖念舊他知道，但你不拋棄世界，世界卻會拋棄你。創辦人說他們嬰兒潮，香港經濟起飛，遍地黃金，只要努力做，不貪不搶，總夠安渡晚年，不必折墮。

創辦人和他的合伙人，正宗醒目仔，機會主義者，有利益有著數就有人，有福同享，大難臨頭各自飛。天時地利人和，正值盛年，機會好多，懷才沒有不遇。他們自覺老派優雅，適可而止，錢不賺盡，騰出空間，給下一代上流。其實是早著先機，回歸前見勢頭不對，預早安排後路，老婆子女送出去，海外置產打點周全，施施然撤退。剩下來的，不關他們的事了。

上了岸的意思，就是隔岸觀火。

阿祖在水中央，四野茫茫。天色漸暗，前路依稀可辨，他閉眼讓夜色穿透。回家的路，只有一條。

07

新老闆是廣東人，抓緊時機，要改革大陸時尚媒體，先收購香港老牌雜誌，招攬香港人才，引入港式流程和管理風格，廣州上海北京開分站，選最昂貴最時髦地段，設辦公室。

開幕必辦活動，一擲百萬元，五星級酒店包場，請最當紅潮人，派對亮相。酒店接待女孩，繞場送點心倒酒收杯，看到如此高規格迎賓活動，恨不得轉工，也搞點文化。門面撐起來了，新老闆旗下品牌，粵京滬無人不識。廣告商樂於共襄盛舉，一下子，金蛋滾滾來。

新老闆喜歡叼著雪茄，把部門高層叫來，侃侃訓話。社會貪新厭舊，內容不重要，重要是格調，新老闆說，我們賣的是形象，是感覺，這是品牌必勝法。

「你這雜誌啊，定位是城市，你的讀者開始有點錢，但不懂如何消費，你就要給他們虛榮心，讓他們趕上來。」他伸出食指，指著趙之任。

如果人的內心真正想法，不經翻譯自動彈出，會議室聽眾，準給淹沒：「廢話」。打工生涯夠長，終於明白，老闆就是廢話，製造者和傳播者。冠冕堂皇的廢話，言之鑿鑿的廢話，形而上的廢話。這類廢話大會，大多冗長，一開半天，每逢開會日，阿凡要猛灌黑咖啡，阻止自己昏昏入睡。他輾轉待過不同公司，就數這家大中華企業會議最為漫長，他說

「開會多過黨」。

阿凡以前打過一份工，老闆是傳媒大亨，商人出身，開會美其名檢討內容，實質批鬥大會，只許批評，「有批評才有進步」。心靈脆弱的，受不住中箭，紛紛負傷離場。捱得過，隨時扶搖直上，一夕成辦公室紅人。弱肉強食，催生惡性競爭，老闆認為，可激發超人創意。戰場沒人性，留得下來，不是情商特別高，不是才能特別出眾，而是一早領悟打工真理：「人工包埋[1]。」

「邊一個發明了返工？」有獨立樂隊譜歌，唱出打工仔心聲。阿凡一生最大樂趣，在於享樂，打工只是讓他有享樂的條件。可以偷懶，他絕不搏盡，讓下面的人去拚。他嘲笑趙之任工作狂，賺來的錢，到頭來給女人揮霍。阿凡也深知，有咁耐風流有咁耐折墮，年少氣盛，愛炒老闆魷魚，年紀漸大，好工難求，行業走下坡，人的選擇愈來愈少，老闆再苛刻再無理，也要學習隱忍。「所有老闆都一樣。」趙之任看得開。

又一個冗長會議，老闆責備阿凡，當著全部同事面前，不給下台階。阿凡憤然，想遞信辭職，向趙之任吐苦水，趙之任勸他別衝動，實質害怕收拾殘局。

想當年他們共事，在一家報社編副刊。如果黃金年代是回不去的，那段時期就是黃金年代。免費看戲，飯局吃不完，各種山珍海味，陳年佳釀，源源不絕。他們高高在上，喜歡才寫，拿盡好處，眼界愈來愈高。

尋常日子，下午回報社現身，去蛇竇開餐，魚子醬配法國香檳，天南地北，再回報社，把當天版面完成，審稿揮筆而就。晚上看首映、開幕派對、出席晚宴，應酬是工作。徹夜聚會，凌晨方散。

趙之任回想，真有末世情懷。九七前過渡，上一代精英大量移民，造就他們三十不到就位高權重，生得逢時。九七過後，焦慮解鎖了，狂歡延續，變得虛無。

千禧前後，科網潮崛起，大企業爭相做內容網站，到處搶人，跳槽成風，人工越級。大泡沫愈吹愈大，爆破之後，全行慘傷。再過十年，科網潮終於來真的，紙媒走上末路。

小路入行，黃金時代只剩餘暉，趙之任阿凡過好日子，她在茶餐廳吃餐蛋麵。阿凡怨言不斷，她毫不同情，反冷嘲熱諷。「千萬千萬不要想當年。」小路告訴自己，永遠向前望。老人心態，教訓時下青年，一開口阿叔當年打仗你未出世，是老屎忽，old seafood。老屎忽老忘記，誰不曾年少，橫衝直撞，血未冷。小路始料不及，時下青年比她堅強，踩著老屎忽上位。她這代人夾在中間，高不成低不就，卡住了。本該大熟大勇，最終卻無勇無謀，一事無成。

主流圈子，她那些大學同學，乖乖沿階梯向上爬，循舊社會流動路線，慢慢到達一定位置。在永續繁榮之地，不跟大隊走，注定做邊緣人。

小路的同業，工作需要高度智力，時刻輸出創意，來往人物非等閒輩，主導人類文化價值傳承事宜，論收入卻只屬底層勞動人口。不跳槽不升職，就輸給通脹。她同事露西做名人版，買體面衣服，出席活動場合，裝扮佔去支出大半。文化版若不是有贈票，何來天天看戲看騷，補充精神食糧。做時裝版的，領ＯＬ薪水，穿得要像名媛。「佢出雞我出豉油，雞未食到，已經點晒我的豉油。」名言出自時裝版玲姐。

食物鏈底層，兩面不是人，揹一身卡債。窮人登豪門，麻雀變鳳凰，娛樂花邊樂此不疲，宣揚奮鬥故事，笑貧又笑娼。

世間所有榮華，都是堆砌的幻象，沒有實質事物，真正留存下來。最後得到的是，一堆過期名牌衣飾，一批過氣名人卡片。從慘烈戰場退役，傷痕纍纍，血淚史說不完。

第一章

01

深夜街頭，灣仔地鐵站旁天橋下，聚集流浪漢幾人，拾來數張桌椅沙發，零食散落地上，暫成他們的客廳。群雄各據一方，飲酒食花生，痴言醉語，行人多繞道而過。小几上唯獨放了一台小型播放機，音質沙沙，循環播放同一首歌，對的只有一首歌。前奏響起，丹尼的歌聲，「冷暖那可休／回頭多少個秋／尋遍了卻偏失去／未盼卻在手」。這歌《一生何求》，反覆迴蕩於鬧市夜空，從春天到冬天。從這天橋底走去電車路，還能聽得見，一生何求，過了不知多少年。

歌生於一九八九年，電視劇《義不容情》四月開播，街知巷聞。整整兩個月，電視機日夜輸出影像，北方廣場血染的風采火紅火紅，南方殖民小城，正上演恩怨情仇糾纏三代人，主題曲《一生何求》寄盡一生滄桑與迷惘，縈繞家家戶戶窗前，曲完劇終，現實與戲劇再也分不開。歌者丹尼，彼時紅到盡頭，歌人合一，靈魂歎息。

是年電台的金曲頒獎禮，最受歡迎男歌者，三甲排名順序：賴士利、亞倫、丹尼。

賴士利與丹尼，同代秀美男兒，差不多同期出道。一對明星，彷彿雙生，形影相隨。

時針回撥，一九八五年八月，盛夏好日，賴士利開演唱會，白衣白褲領帶配背心，風姿耀目。中場選唱《喝采》，是丹尼的歌。賴士利憶出道初年，二人角色分配，如粵語片余麗珍李香琴，「忠總是他奸總是我」。

一九八〇年電影《喝采》，主角是丹尼，翩翩公子，剛出道即走紅，演陽光大男孩，配角賴士利，欠觀眾緣，演叛逆不羈阿飛。（曾幾何時，紅的是他，霉的是我。）

音樂奏起，賴士利唱別人的歌。「為甚要受苦痛的煎熬　快快走上歡笑的跑道／剩一分熱仍是要發光　抓緊美好……似朝陽正初升　你要自信有光明前路／願知生命誠可貴　能為你鼓舞」

音樂昂揚奏著，台下忽然一陣哄動，丹尼來了，掌聲中輕步登台，短髮新劏清爽，一襲藍衣白外套背後藏花色，半邊衣角溢出灰褲頭外，時尚暗騷。丹尼說不當余麗珍，不想「個頭飛來飛去」，賴士利笑語「飛來飛去何妨是我」。丹尼伸手緊握，「恭喜你，賴士利，祝你百尺竿頭……」，祝福未完，開腔合唱，把歌續下去。

賴士利牽丹尼，肩並肩繞台走，圓滿了一場。公子與飛仔，你中有我，貌合神不離。

（人紅是非多，食得鹹魚抵得渴。）

「將一聲聲嘆息　化作生命力／懷著信心解開生死結　雲霧消失朗日吐／以真誠我祝福　你會踏上那光明前路／願將一腔熱誠給你　常為你鼓舞」

歌罷相擁，丹尼一句「希望俾到你surprise」，就此退場。舞台暗下來，賴士利喚工作人員開燈引路，「俾個spot丹尼，唔好仆親佢[2]」。

只需要一個spotlight，燈光聚焦，人前風光。歲月鍍金，命運同途。

一九九二年五月十八日，丹尼昏迷，夢中一年半，一九九三年十月二十五日，沉睡公子永遠睡去，三十五歲終。

十年過去，二〇〇三年四月一日，瘟疫鎖城，中環文華酒店，無腳雀仔賴士利落地，四十七歲終，不是愚人節笑話。

如果可以回頭，一個時代或也變模樣。

2　俾個spot丹尼，唔好仆親佢：給丹尼一個spotlight（射燈）引路，不要讓他跌倒。

02

下午三點半放學，小路去彌敦道坐巴士，旺角一路坐到佐敦，恆豐中心下車。地庫那間唱片店，音樂專輯新又齊，店名「精富」，諧音帶性意識。青春期學生，意亂情迷，以生殖笑話為樂，男同學知她去精富，趁小息到她面前刻意提起，不懷好意暗笑。小路晚熟，無此心思，並不覺其羞，店中尋寶心無罣礙。

年長六歲的姐姐，是廣東歌迷。賴士利、亞倫競爭最激烈那幾年，她獨愛丹尼。乾淨俊秀，名校出身，教養優良，典型白馬王子相，聯校舞會台上焦點人物。丹尼慢歌情歌多，台步典雅，氣質脫俗。少女心事，路人皆見。曾有一天，姐姐去中環參加課外活動，在下亞厘畢道那條斜路，遇見丹尼，她和女同學忍住了尖叫。她難忘，丹尼一身黑長大衣，瀟灑走來，衣擺隨風飄起。自此她發現男人好看，必須好看在風度、步履，裝不出學不來，天生魅力。姐姐有個女同學安娜，愛玩愛跳舞，偷偷和隔壁男校生去的士高，有趟回來跟她們說，在中環夜店見到丹尼，坐在吧枱喝酒，又一個人在舞池中央跳舞，旁若無人，「原來他好愛跳舞」。姐姐聽得心癢，卻沒隨安娜去玩，直至中學畢業，安娜去美國讀書，她留港升大學，班上女孩各散東西。

小路愛西洋歌韻，從英倫到美加，從民歌到搖滾，樣樣喜歡。電視台周末下午播放音樂節目，她準時蹲坐熒幕前，盯看各類音樂影片，隨節拍晃動，痴迷忘我。遇上好歌，用錄音機錄下來，隨時回播。午飯錢省下，麵包果腹，儲錢買專輯。只要聽歌，什麼都可以。

最初有點務實，聽歌兼學英語。生在殖民小城，英語學好，通行無阻。

小學六年，小路讀區內普通官校，上午班。生活簡單平凡，然而，無憂。下午放學回家，功課做完，出門去玩。街上安全，她和同學在公園打球，去海濱奔跑，熱天在海運大廈看櫥窗，花花世界潮流運轉，童眼張望，快樂不知時日過。

然後小六，某天英文課，嚴肅麥老師說，同學們快升中學，到時全校英語授課，你們要適應，現在得開始練習，堂上只許說英語，語畢即轉向英語頻道。此後，小路和同學受訓有序，老師進來課室，Good Morning Miss Mak, Good Afternoon Miss Mak，老師下課，Thank you Miss Mak, Goodbye Miss Mak。問同學借筆，Can I borrow your pen, please? 忘記交功課，向麥老師道歉，Sorry I forgot my homework……捲動舌頭，模仿發音，文法要準確。

課堂完了，日常還原，擠在小賣部買零食，「唔該借借」，"You should say please"，班上高材生糾正，黑眼珠碌了碌。「現在不是上課啊。」同學笑，"Practice makes perfect"，高材生托了托眼鏡。高材生是圖書館組長，最愛看英文書，一天到晚聽ＢＢＣ廣播，英文默書分數不是一百分就是九十六分，差的四分是串錯字，英式寫成美式了。高材生小六未讀完，全家移民去澳洲，課室他的座位，一直空著。看著那個空位，小路有時發呆，想像遙遠的澳洲，可有大草原、袋鼠、樹熊，高材生的英語有沒有口音。高材生寄來明信片給要好同學，小路也收到一張，圖片是港口一座建築物，似風扇又似海鷗，說是歌劇院。高材生問"How are you？"，英文寫近況，最後用中文，祝小路順利派到第一志願，女皇中學。小路查地理書，南半球四季顛倒，十二月是夏天，沙灘上過聖誕，氣氛奇幻。她只知道一隊澳洲樂隊，比知兄弟，從英國移民去澳洲，組樂隊走紅，又回到英美。樂隊曲風偏輕柔，那首五月之歌，男聲哼唱「當我很小／而聖誕樹很高……」，電影《兩小無猜》插曲，英文台播過，單純無垢的愛，留在童年，不要長大。「當五月一到來／也許我們會哭／別問我為什麼／時間已經過去了」

六月到來，升中派位結果公布。前一天下午，麥老師打電話來，「葉小路，恭喜你，女皇中學。」小路提早知曉，彷彿女皇特赦，不用忐忑，翌日回校，心情輕鬆。全班兩人登榜首，除她以外，還有吳靜。吳靜拍她的肩，「以後再玩」，就消失在隊伍中。派發成績，課室寂靜一片，隨後歡呼，繼而啜泣。小路看見，麗麗伏在桌上哭泣，她沒有派去旗袍女校。半年前考學期測驗，小路表現平穩，不敢多想。女皇中學，區內名校，天上星星，人人想摘。小四以後，老師勸同學勤習，一句「如果你想派到女皇中學」，如降服齊天大聖之咒語，成效立見。入中學取西經，朝陽初升美好。老師大人常講，派到好學校，近朱者赤，前路光明，不好的學校，飛仔飛女多，讀書不濟，一事無成。一個小學生，世界驟分兩半，天崩地裂。踏出校門，流向不同階層。鄰桌小學同學，隱沒人海，沒再相見，多年後，聽說他加入黑幫，暴斃於元朗一場大廝殺。而麗麗，派不到心儀女校而哭泣的麗麗，去了一家私校，中學畢業就嫁人，隨夫家移民加拿大，三年抱兩，望女成龍虎媽一個。吳靜和小路，分派不同班上，早會遇見點點頭，最後，疏淡了。

初上女皇中學，小路適應良好，英文成績突出。英文課堂，老師發問，無人應和，唯獨小路舉手答，老師歡喜，時常點名。半個學期過去，小路發現，同學不是不懂，只是不表現出來。她不明白，卻也隱約感覺壓力，漸漸不再舉手。英文老師姓郭，師範學院剛畢業，沉靜學生當前，她拚命燃點熱情，要讓課堂活潑起來。小說讀本，逐字逐句講解，指令學生輪流朗讀句子，糾正發音。Louder, louder，大聲，再大聲一點，郭老師聲聲督促。

張大口，轉動肌肉，鼻音，腔音，舌頭，牙齒開合，全部到位。

小說是《八十日環遊世界》，一八七三年出版，作者凡爾納，法國人。英國紳士一場豪賭，一路向東，八十日走遍世界，經印度、亞洲、美國、歐洲，帶著愛情與歷險，回到倫敦。十九世紀故事，二十世紀八十年代殖民小城英語課堂再現，書中有一段，紳士加爾各答上船，香港維多利亞城登岸，勾留一天再轉船去日本橫濱。一八四一年一月，英國得香港，「荒蕪」邊陲小島從此「開埠」，建維多利亞城，政治金融中心，即後稱中上環、金鐘、灣仔、銅鑼灣範圍，繁華至極。一九〇三年，政府設立界碑，各據十處，沿線劃出城的邊界，舊地圖可見。界碑四方柱體高九十八厘米，錐形頂，碑身刻有「CITY BOUNDARY 1903」字樣，歷經百年，除馬己仙峽道一界石已散失，其餘仍安在。

舊維多利亞城，西方作者筆下，接駁旅程必經港口，負責提供資金及貿易活動，大英帝國法律延伸覆蓋。香港初中生讀書，埋首字句，背誦段落，讀到冒險精神讀到愛情，深層意識的階級、種族和殖民主義，老師不講也就不探究。英國富商遊歷一場，還救回印度寡婦，法國作家寫來，故事當然用法文編，這兒給翻譯成中學英文教材，路途真是迂迴。環遊世界觀光誌，八十日匆匆一遊，無非對照記，野蠻與文明，落後與進步，東方與西方，奴隸與主人，界線清楚，階級嚴明。二元觀念初成，典型印象刻板偏見，循教育系統導入，建構知識框架，思想大致定型。大千世界變化種種，都在小說以外。

小說盛載想像，主人翁出發是為了回家，小路淨嚮往旅程，小學起始，課外讀物有《湯姆歷險記》、《金銀島》、《大草原上的小木屋》等等，翻開書，離開這裡，前往遠方。前座同學美芳住九龍城，課後邀請小路到家裡，一起做作業。美芳家在唐樓六樓，頂層天台看得見啟德機場跑道。她們上天台看鳥，每隔半小時，大鐵鳥低飛橫過樓房，險象頓生，屋頂頃刻無光，引擎聲轟隆震耳，她們喊叫比拚聲量，揮舞雙臂，蹬跳躍起，幾可抓住機翼，隨之翱翔。美芳兄長，中五會考將至，每天去機場候機室溫習，他說「唯一沒有飛機聲的地方」，低頭苦讀筆記，抬頭看送機接機熙攘，嘈雜人聲讓他落地，回歸現實。

美芳帶小路入城寨，窄小通道，只容一人行走，有人迎面來要側身讓路，簷篷交錯遮蔽了天空，暗晦長廊只有微亮街燈照明，小路心跳緊張，留神有老鼠腳邊竄過，眼盯著美芳怕走散，美芳走在前面，熟門熟路，忽爾走至一處天井，通亮開闊，人群聚集，吃食消遣。美芳指指一檔，說豬腸粉好吃，走去講了幾句，老闆拿出幾條腸粉，剪刀卡擦卡擦，盛滿一碟，美芳往醬瓶扚了扚，碟裡倒甜醬麻醬，再灑落芝麻，給小路遞上竹籤，一人一枝拮起豬腸粉吃。美芳說，老闆是熟人，回頭叫媽媽給錢就可。吃罷把碟還去，又拉小路朝巷裡走，跑至寫著「跌打、奇難雜症」店前，「這裡醫生都是無牌的，但醫術很好，後面都是牙醫，收費便宜，我爛牙也是這補的。」美芳張開口，小路看到大牙上一綴銀光。再往裡面走，離天井愈來愈遠，也愈來愈暗，美芳停下來，遙指暗影盡頭，「那邊都是賭檔，還有女人的地方，道友也多，媽媽不讓我們過去的。」這時候，一個大叔走過，認出美芳，問她怎麼在這裡，天快黑了，還不回家。美芳說，「帶同學來探險，現在回去了。」大叔聽見探險，摸著肚皮，大笑兩聲，走進暗影裡。美芳喊他七叔，街市豬肉佬，收檔後最愛來這裡，說是斬豬骨肌肉痛，要來按摩掭骨鬆一鬆。「這裡什麼都有，警察也不進來。」美芳領路，轉彎復轉彎，兩人走出城寨已近黃昏，一架飛機頭上劃過。坐巴士回家途上，小路想到，美芳不用環遊世界，她每天都在探險。

學期終考試，小路英文科考了第一名，整體成績班上三甲前列。兼任班主任的郭老師特別高興，派成績表送紀念品，小路得到一本小型牛津字典，配有插圖，看圖識字。暑假兩月，小路去附近圖書館借英文書，英文台正在播《苦海孤雛》，她找原著小說來讀，書架上整排狄更斯，企鵝叢書厚厚一本，打開只見密麻麻的字，她追著情節硬是啃下，接著讀完《塊肉餘生記》、《雙城記》，炎夏裡仍覺悲慘濕冷，再聽那民歌《倫敦街頭》，結他輕輕伴奏，歌者低聲哼唱，「你可曾看到　那個已收攤市場的老先生」，「讓我牽著你

的手　走過倫敦的街道／我要讓你看看一些事情　改變你的想法」，歌詞有句，在這冬日城市，“the rain cries a little pity”，雨的哭泣千迴百轉，小路想起，郭老師教「大雨滂沱」，“raining cats and dogs”，貓狗傾盆而下。幼稚園學過一首民謠，小孩子都會唱，「倫敦橋倒下來　倫敦橋倒下來」。她沒去過倫敦，不知道英國是什麼樣的地方。但是女皇，無處不在。女皇中學，校歌唱天佑女皇，禮堂上掛女皇像，校徽有皇冠圖案，女皇壽誕全校放假。

暑假過後，重新分班，小路編入另一班，相熟同學分散，美芳也不在一塊。小路長高坐後排，上課看黑板有點朦，去眼鏡店驗眼，原來患近視，眼鏡框壓鼻樑嫌不舒服，平時不戴。一天小息，同學在小賣部朝她揮手，操場上她打球不為意，同學以為她不理人，其實是真的沒看見。

學校分四社堂，東南西北，運動會比賽爭冠。師兄師姐招她入社隊，參加田徑和球類，羽毛球、乒乓球、排球，小息及課後練習，表現好可代社出征。一年到尾，忙碌訓練，一場陸運會一場水運會，大大小小班際級際，還有聯校競賽，再到全港中學生比賽，分甲乙丙組三級，成績年年累積，一人奪牌，全校沾光，城內排名上升。

女皇中學校訓，文武兼備，讀書運動並行，課外活動齊修，頭腦發達四肢健壯，平均主義精英模範。小路體育細胞不強，運動只當消遣，抵不過師兄師姐游說，勉強入社隊，苦練排球、羽毛球和跑步，短跑她欠爆發力，改練長跑，目標是參加陸運會接力賽，她那級隊不夠人。每個周末，她放棄英國文學和音樂，回校訓練，隨師姐跑過一圈又一圈，汗流盡始得回家。陸運會舉行，她參加 4×400 米接力賽，第三棒接過了棒桿，奮力向前跑，半路氣勢減弱，「加油！加油！」聽得觀眾席上社員尖叫打氣，才又發狂追上，最後一棒穩妥交給小飛人阿飛。阿飛像飛一樣，直奔終點，大幅抛離對手，終於奪金。五年來唯一接力金牌，全社哄動。阿飛上台領獎，小路同分榮耀。

師兄師姐見策略成功，有意培植小路阿飛等接班，讓她們帶領中一新社員。小路變了師姐，組啦啦隊帶著師弟師妹，喊口號做手勢，一二三四東南西北南社第一，數節拍擺姿勢，講究整齊。一場活動終了，聲啞喉嚨痛，一星期不能講話。

運動場外，師姐把小路拉入劇社，最初做場記，幫忙執道具戲服，後來師姐見她作文不錯，著她編故事。小路寫一齣校園偵探戲劇，混合克莉絲蒂和福爾摩斯風格，聖誕聯歡會公演，大受歡迎，台下掌聲笑聲不絕。劇社負責老師林生，提議學期末家長聯誼活動再演，展示學生才能，十八般武藝樣樣皆精，教員室一致贊成。小路出了一陣鋒頭，學校挑選她和隔壁班周可怡，兩人去港島國際學校，上課交流兩天。周可怡是全級第一名，英文朗誦比賽冠軍。

兩人大早在中環天星碼頭集合，轉乘巴士上半山，周可怡仍穿女皇中學校服，小路穿了便服有點後悔。國際學校建築雄偉高大，不似女皇中學倒模官校白平房。校門外站著羅賓士先生，等她們到來。羅賓士先生蓄小鬍子，穿格子襯衣藍長褲，像福爾摩斯的華生。羅賓士先生領她們上二樓，第十班課室，「這是我的班，我知道你們是中二，但程度應該可以應付第十班的。」英語標準如ＢＢＣ廣播。課室座位比女皇中學少，學生分組圍坐幾桌。她們坐前排一桌，羅賓士先生讓她們自我介紹。周可怡英語流利，無怯場，輪到小路，台詞早背好，侃侃吐出，自覺過關。第一堂歷史課，講二次大戰英國角色，羅賓士先生引導方向，學生反應踴躍，熱烈爭論，講兩任首相張伯倫和邱吉爾的分別，有學生乾脆站起來，模仿邱吉爾演說，“We shall never surrender”，滿室歡呼。小路只管看戲，搭不上話，隨眾拍掌，眼角瞥到周可怡，她顯得鎮定，微微笑著。小路恍悟，她們和他們的分別。在女皇中學她們夠好，英文優，很像英國人，但她們不是英國人。這些英國學生，有想法就表達，坦蕩自然，換著她們講，腦裡先翻譯，文法檢查一遍。她們是有待修改的草稿，他們是隨時交出的功課。

中午休息，她們沒帶飯，去小賣部買三文治，球場邊坐下，看學生打籃球。下午體育課，她們沒有運動服，先行回家。

第二天，仍約在天星碼頭，小路改穿校服，周可怡穿便服，兩人大笑。今天課堂是英國文學，教莎士比亞，小路似懂非懂，“to be or not to be”，周可怡抄筆記，適時會意點頭。交流生只要旁觀，課堂波動沒她們的事。小路寫下書目，放學後想去圖書館找。

坐巴士下山，周可怡問小路，兩天上課體驗如何。小路說，格格不入。周可怡倒覺得甚好，氣氛自由，學生敢言。周可怡又說，明年念完中三，就去英國讀書，相信可以適應。小路問她，為什麼不等考完會考。爸爸是公務員，子女英國讀書有資助，早點去，英語學好沒口音，周可怡說。你的英語很好，沒什麼口音，小路想稱讚她。「但我們不是 native speakers，始終差一點。」周可怡把 s 唸得特別響，包括小路在內。「爸爸希望我可以考上劍橋，要早點開始努力。」周可怡氣勢充足，準備起跑，向目標衝刺，小路剛開始熱身，沒什麼計劃，兩人一時無話。

回去女皇中學，世界如常。

小路好忙，社內張羅活動，校外參加英文朗誦，班際問答比賽、辯論比賽代表，一天時間表填滿，竟不覺累。

復活節聯歡會，小路和社員上台表演，合唱民歌，舞台燈光閃亮，照在他們臉上，紅粉飛揚，就如驕陽。

選的歌是《史嘉堡市集》，美國二人組合西門與葛芬柯原唱，「你要去史嘉堡市集嗎？／香芹、鼠尾草、迷迭香和百里香／請代我問候住在那兒的一個人／她曾是我的真愛……」

台上男左女右排列，師兄彈結他伴奏，男女聲二重唱：

女聲：請她為我造一件麻襯衫（男聲：在山的那一邊，森林茂綠裡）

女聲：香芹、鼠尾草、迷迭香和百里香（男聲：雪冠地上追尋麻雀）

女聲：沒有接縫，也沒有針黹（男聲：毛毯和床鋪、山上的孩子）

女聲：這樣她將是我的真愛（男聲：睡夢中不知那號角響亮）

女聲：請她為我找一畝地（男聲：在山的那一邊，葉子飄落下來）

女聲：香芹、鼠尾草、迷迭香和百里香（男聲：用銀色淚水清洗墳墓）

女聲：在海水和海濱之間（男聲：一個士兵把槍清潔擦亮）

合唱：這樣她將是我的真愛

女聲：請她用皮革鐮刀收割（男聲：戰爭哮叫，怒燒在鮮紅軍營裡）

女聲：香芹、鼠尾草、迷迭香和百里香（男聲：將軍下令士兵們開殺）

女聲：用石南花綑紮成束（男聲：為了一個他們早已遺忘的理由而戰）

合唱：這樣她將是我的真愛

西門與葛芬柯，完美契合二重唱，伴著電影《畢業生》畫面，英文台重播又重播，姐姐和小路每次都看，姐姐買來他們的專輯，播完又播。小路記得這幕，德斯汀荷夫曼開著紅色開篷車，越過海灣大橋，去柏克萊找他的真愛。電影前段的幽閉鬱悶空間，此刻豁然開闊，千山萬水，追隨所愛，歌聲迎風飄揚。六十年代越戰，柏克萊大學，反戰校園，女主角走下階梯，德斯汀荷夫曼遠遠看著，可望不可即，前路不明，進退維艱。終於最後，搶得新娘，披婚紗趕上黃巴士，離開困局，前路仍然未明，唯一確實的是，二人如釋重負的笑，主題歌《沉默之聲》響起，「你好　黑暗　我的老朋友／我又來和你交談……」

初中女生，掌管一個小世界。凡事必同行，手拉手，肩並肩。早會排隊前後坐隔鄰，細聲說大聲笑，相約上廁所，小息去小賣部，球場邊偷看高年級，午飯結伴去餐廳，放學同路坐車，三三兩兩，或四五成群，不能形單，無隻影。小路的小圈子，有凱蒂、艾瑪和珠珠，四人一桌，走路前後一對，整數齊全。小路和她們本不熟，開學體育課分組遊戲，剛好同組，遂湊成一夥。凱蒂和艾瑪中一曾經同班，多一分親，常勾纏說話，珠珠和小路加入，漸次熟絡起來。其後小路課外活躍，不時離群參加活動，班上成績她屬前列，尤其英語，老師常公開稱讚，作文貼堂，同學圍閱。

復活節假期過後，情況生變。凱蒂、艾瑪和珠珠，突然對她冷淡，凱蒂帶來貼紙裝飾，逐一送同學，唯獨小路沒有。班上其他女同學，彷彿約定，不再和她說話，背後閒話「討好老師」、「討好高年班師兄師姐」、「爭出鋒頭」、「愛表現」，後不避小路面前說，怕她不知道似的。英文課上，老師點名小路唸文章，小路才唸了幾句，艾瑪發出噓聲，老師敲桌，全堂安靜。體育課分組，小路伶仃落下，等老師分配，更衣室換衣服，鐘聲響前排不到她，最遲一個換回校裙。

午飯無約，小路出校門，走遠路到幾條街外，買三文治到公園，長椅坐下，看鳥看人。夏季校裙透而薄，初經女孩為防滲漏，總多穿一條排球短褲打底，密密包裹下身，微小安全感撐起一個宇宙。發育小乳房害羞，站立走動含胸寒背，把身體縮小，盡量隱形，不惹注目，不被指點，即可無慮，無恙長大。

年少懵懂，不知所以，只覺長路漫漫無盡頭，遽然黑雲蔽天，陰霾滿日，暗鬱無風。

一天午間，小路出校門，遇到周可怡，她正要步行回外婆家午膳，見小路無事，邀約同往。周可怡外婆住大角嘴，走路過去十五分鐘，她們街上左穿右插走捷徑，很快到了塘尾道外婆大廈。外婆住後座，沒開燈，客廳一排窗，借日光照明，室內酸枝桌椅，矮桌上擺了一湯兩餸，外婆見小路來，往廚房多拿一雙筷子，給兩人各添一飯一湯。外婆擺好碗筷，坐進搖椅，搧著大竹扇，看她們吃飯，她說先前已吃了一點。外婆問周可怡，今日上課怎樣，下午幾點回來。周可怡父母工作忙，讓她平日住外婆家，方便上學。外婆又問小路，住哪裡，父母做什麼，有空過來玩。吃完飯，周可怡把碗筷拿去廚房，小路想要幫忙，周可怡著她回客廳坐下，隨後切了一碟橙出來。

外婆按開卡式唱機，閉目斜躺椅上，「涼風有信……呢……秋月無……邊」，手上扇輕輕搖晃。是白駒榮《客途秋恨》，廟街小檔口，整晚都播著。小路隨爸爸逛街，街頭行至街尾，人面如流水，燈泡燦亮，歌廳前擺出花牌，懷舊老歌手輪流出場，翻唱時代曲，爸爸愛看小玩意，跟小路說典故，榕樹頭公園象棋局不散，周邊睇相各方高人，籠中小雀跳出啣著籤枝，小路瞪眼看異象，流水流不斷，愈夜愈熱鬧，大牌檔啤酒女郎梭巡，爐邊大廚拋鑊炒蜆，熱氣沖天。「今日天隔一方難見面／是以孤舟沉寂晚景涼天／你睇斜陽照住嗰對雙飛燕／睇我獨倚蓬窗我就思悄然」。屋裡婆孫三人，靜聽南音一段，時間剎停，三弦琵琶椰胡齊撥，淒音迴轉，陽光恍惚。待時針重行，周可怡站起來，拍拍校裙，急拉小路回校。她們小跑著趕路，到了校門前，氣喘連連，周可怡奔樓梯回課室，忽轉身喊，「葉小路，努力啊！」

小路到精富買專輯，幾星期飯錢儲下，精挑細選，今趟她買披頭四，英國樂隊四人組合，靈魂人物約翰連儂早逝，傳奇不朽。專輯叫《艾比路》，艾比路是倫敦西北一條馬路，有個錄音室，披頭四最後在這裡錄製成歌。一九六九年八月八日早上，倫敦交通警察攔住路上車輛，讓他們拍封面照。約翰連儂領前，林哥史達緊隨，保羅麥卡尼赤腳，佐治夏里遜殿後，列隊橫過那條永恆的斑馬線。過馬路的人，同樣鑄成永恆。專輯九月二十六日發行，從此以後，艾比路不再是一條路，它成了廣場，時間化成空間，路過的人，必得停留，憑弔，或擬仿。那條斑馬線，白漆掉色再塗上，過路人一個跟一個，穿越又離開。

《艾比路》總共十七首歌，黃金之歌在B面，第一首《太陽出來了》，作曲填詞不是最紅的連儂或麥卡尼，卻是殿後的夏里遜。一段神奇的簡單前奏，破繭而出，旋轉，向上提升，瞬間揮去烏雲，迎來陽光，普照人間，「太陽出來了　太陽出來了／而我說　沒事了／小親愛的　這是又長又冷又寂寞的冬天／小親愛的　它在這裡好像已經好久／太陽出

來了　太陽出來了／而我說　沒事了」。這句"it's alright"，篤篤實實，小路感覺是唱給她聽，天朗氣清，心裡暖和，「小親愛的　我感覺到冰在慢慢融化」。每一天，上學，小息，午膳，放學，她隨身聽，Walkman裡來回循環，「太陽太陽太陽……它出來了」，踏著樹影，步履隨拍子跳躍，日子變得輕快。

黑夜終於過去，夏天到來，一切都好了，沒事了。

來自利物浦的男孩，連儂光芒四射，麥卡尼霸氣盡露，史達風趣惹人愛，夏里遜，安靜而孤獨那個結他手[3]，最是溫暖解人。錄完《艾比路》，披頭四解散，馬路過了，各奔前程。一九八〇年十二月八日，連儂在紐約寓所前遭槍殺，四十歲終。二〇〇一年十一月二十九日，夏里遜在加州，肺癌，五十八歲終，骨灰灑在印度恆河，遺言「彼此相愛」。

03

中四文理分班，小路躊躇一陣，選了文科。學校重理輕文，理科高材生多，出路廣。

每年會考出狀元，八優九優幾乎全理科，全港聚焦幾個人，來去幾間名校，記者採訪，問未來志願，答做醫生律師，前程一片光明。師長栽培有功，校譽響噹噹。

爸爸說，文人生活苦。姐姐念理科，大學修心理學，她說社會科學培養通才，選自己喜歡的就好。小路理科成績過關，可實驗室她不愛，上化學課點本生燈她躲遠，上生物課劏白老鼠她不敢，數學不怕只嫌悶。英文課和歷史課，她應付裕如，最喜愛讀故事。想來想去，真實原因單純，上大學她想選新聞系。

跑馬地民主演唱會，她約鄰座同學寶兒同去。升上中三，同學換過一批，艾瑪移民，凱蒂成績滑落調了班，珠珠同班無往來，小路交了新朋友，寶兒是其中一個。

五月，北京廣場風風火火，香港滿城躁動，熱血沸騰，老師上課講歷史，課室壁報板貼新聞圖片，高年級領袖生印海報，寫口號「聲援學生，支持民主」，校門前派發，行人向他們豎拇指。高漲的情緒，一天二十四小時，滾動奔流，淹過每一個人。

五月下旬，膠著狀態推到高峰，五月二十七日，歌星們在跑馬地獻唱籌款。小路和寶兒，坐地鐵到銅鑼灣，街上滿是人，很多人穿白衣，有中學生仍穿校服。小路揹個小包，

---

3 結他手：彈guitar的人，吉他，香港稱結他。

帶了一瓶水和三文治，還有一把傘。寶兒什麼也沒帶，她說路上可以買。她們給捲進人潮，如浪沖往坡上，隨隊伍緩慢前行，終抵達馬場。小路從來沒來過，四處張望，沒有賽馬的時候，馬匹住在哪裡。場外排隊，繞了幾個圈子，才進到看台坐下。擴音器傳出，大姐大阿尼塔發言，舞台上她舉臂搖晃。

小路寶兒的座位，離舞台甚遠，只好看場邊大電視。小路留意到，看台左側聚著一群記者，有電視台新聞報道員，臉孔她認得，每隔一小時，就拿起咪牌做直播。他們穿梭場內，有時採訪觀眾，有時走到台前，訪問剛結束表演的歌星。這樣來去自由，小路有點羨慕。

看台高處，無風，暑氣蒸上來，汗流不停，擴音器接收不良，歌聲聽不清。盯大電視熒幕看明星，劃一穿上白T恤，胸前紅字顯眼，有人額上綁頭巾，像北京的學生。台上拉起一條黃絲帶，串連起每個人，波浪湧起，翻動，復放下。這不是演唱會，沒有華麗燈光，沒有舞蹈員蹦蹦跳，沒有安歌。群星映照，阿尼塔聲嘶呼喊，那個紅唇烈焰的壞女孩，那個似水流年的滄桑儷人，種種分身她收起，此刻素顏朝天，豪氣干雲。她相信要做的事，站出來，說到做到。她不知道，許多年之後，城裡人會懷念她，勝過懷念過去的自己。

小路看到鄧麗君上台，爸爸最喜歡的歌者，不知道爸爸在家裡，有沒有看電視。學運初期，師兄師姐去新華社門前，小路曾想加入，爸爸說，不要碰政治，不要去，姐姐從不去。後來，北京局勢變得緊張，爸爸沉默了，由得小路去。

鄧麗君短髮綁白頭巾戴墨鏡，顯得堅毅幹練，從前長髮圓臉，溫柔婉約外表底下，藏著堅硬的內核，不易逢迎屈折。兩岸關係冰河期，鄧麗君歌聲，跨過邊界，融化所有人的心，有華人的地方就有她的歌，《月亮代表我的心》、《我只在乎你》、《甜蜜蜜》，不會唱也會哼，盜版卡式帶在神州熱銷，民眾「白天聽老鄧、晚上聽小鄧」，據講連鄧小平也給小鄧靡靡之音迷倒。

這天小鄧唱《我的家在山的那一邊》，從沒公開唱過的一首歌，寄託她的心聲。鄧麗君出生台灣雲林縣，父親是隨國民黨政府赴台的軍官。一九九五年五月八日，她在泰國清邁，哮喘發作救治不及，四十二歲終。

寶兒也在台灣出生，小學隨家人移居來香港。寶兒告訴小路，她爸爸早年去南非，拿了護照，「爸爸說很多人也去美國，但不易留下來」。但南非種族問題嚴重，香港前途未明，她爸爸打算再看幾年，或許搬去加拿大。小路問不想留在香港嗎，寶兒說，她也想回台灣，很多事情不是她可以決定的。

寶兒餓了，離場去買吃食。場外仍然人龍不斷，努力要擠進去。寶兒費勁鑽出人群，才找到賣飲料的小販，天氣太熱了，她買甜筒，也想帶一個給小路，記起回去看台又是一段路，恐怕中途已經溶掉，就站在路邊，先把自己的甜筒吃完。

稍晚，輪到樂隊達明上台，長髮安東尼，眉目俊美，發言清醒，語調分外平和，他說，要唱一首歌，關於自由的渴求。阿達開始彈琴，《禁色》充滿禁忌的愛，欲望與希冀，無法宣之於口，「願某地方　不需將愛傷害　抹殺內心色彩／願某日子　不需苦痛忍耐　將禁色盡染在夢魂外／若這地方　必須將愛傷害　抹殺內心的色彩／讓我就此　消失這晚風雨內　可再生在某夢幻年代」。歌收錄於達明前張專輯《你還愛我嗎？》，小路最愛之一，琴音前奏，幽怨過場，她可以反覆聽。班上同學無甚共鳴，哲高說是同性戀的歌，他不是基。歌就是歌，禁忌是人為的，小路想反駁，沒有說出來。自由是什麼，她也說不上來。

達明出道之初，風格前衛，跟其他樂隊區隔開來，他們的歌曲，提供一種氛圍一種概念，把人團團包圍，一下改變了周遭空氣。沉浸其中，時間觀不同了，看事物的方式不同了。電子音樂，帶有未來色彩，好像這是未來的人，穿越時空，來到現世，與你休戚與共，卻總前瞻半步。安東尼臉孔像希臘雕塑，阿達沉默如智者，兩個人一台戲，不曾黯淡。

達明形象，投射出一隊英倫二人組合，寵物店男孩尼爾與基斯，紅透半邊天，音樂影片是劇情短片，一首歌一個故事。《其實》專輯，電台天天播，B面第二首《這是罪》，高唱罪與罰，羞恥與懺悔，「當我回頭看我的生命／永遠帶著一點羞恥感」，「這是　這是　這是　這是罪」，凡人同罪。丹尼曾拿來改編，廣東話翻唱成《地下裁判團》，林才子填詞，同樣叛逆與審判，俗世標準，誰也躲不過。

其時英國樂隊天下，杜蘭杜蘭、驚恐之淚、威猛、流行尖端、史密斯、新秩序……一浪接一浪，洶湧而至，覆蓋前人足印，鋪墊下一代英倫搖滾之路。八十年代開到荼蘼，九十年代繁花爭豔。

樂迷小路，童年張望，青春迷途，徜徉現代英倫音樂，對照舊世紀英國文學裡，狄更斯珍奧斯汀描繪舊社會生活，流行文化封存即時情感，記憶當下，桀驁不馴，貪新喜鮮，不進則退。

潮流浪來浪去，人如浮木，隨浪起降，拋高，下墜。風光有時，退潮有時，快樂有時，悲傷有時。

這天丹尼也來了，白T恤套黑T恤上，袖子反摺露出黑邊，窄身牛仔褲束腰，亂世俗塵中，公子氣質超然。他唱《一生何求》，眉宇懷憂，愁緒暗湧，「一生何求　迷惘裡永遠看不透／沒料到我所失的　竟已是我的所有」。

小路回家，跟姐姐說看到丹尼，姐姐說丹尼心思單純，不適合娛樂圈。賴士利沒有來，阿尼塔跟他要好，也沒請到他上台。姐姐說，尊重別人的選擇，才是成熟的表現。

六月，廣場燈滅，白衣變了黑衣。小路在書包縛一條黑布，巴士乘客胸前戴白花，或繫黑絲帶，神情肅穆，一路無言。學校早會，全校師生默哀，高年級領袖生來小路班上，朗讀北京學生一篇絕食書。從廣場回來的人，在鏡頭前落淚，報章頭版開天窗，「痛心疾首」，白紙黑字，感歎號噴發。記者偷運出來的新聞片段，長安大街上一個白衣高瘦男子，獨站一輛坦克前，鏡頭拉遠，後面一條長直線，一排坦克陣停下來。男人手提膠袋，一度爬上坦克，揮動手臂。幾個素衣市民從街角衝出，把白衣男人匆匆拉走，無人知道去向。

歌手創作安魂曲，盧盧的《漆黑將不再面對》，送君千里，「如今　夜了　請安息輕帶著靈魂別去／這刻　拋開顧慮　漆黑將不再面對」。年前，盧盧另一首漆黑之歌，《但願人長久》，流星一樣，劃過長空，「漫長夜晚星若可不休　／問人怎麼卻不會永久／但願留下是光輝　像星閃照／漆黑漫長夜」。

銅鑼灣的維多利亞公園，點起了蠟燭。

04

中四開學，社堂和劇社招新會員，大禮堂熱鬧，人聲滿溢，小路經過門口，往內朝去，澎湃的群體活動，她提不起勁，轉身走遠。瞥到筆友學會，小路想一想，寫幾句自我介紹，投入信箱。一個月後，學會秘書轉來一封信，她得到一個日本筆友，長谷川久美子，住在東京郊外，十五歲。周可怡去了英國讀書，臨走前找小路寫紀念冊，留地址囑咐保持聯絡。小路開始給她們寫信，每星期寄出，很快收到回信。

久美子和小路同齡，青春期心事煩惱，大同小異。久美子迷明星，偶像是少年隊的東山紀之，常寄來日本流行雜誌照片，小路投其所好，也從娛樂雜誌剪出明星照寄去。日本明星受歡迎，孖池[4]、中森明菜、松田聖子，無人不識，阿尼塔、賴士利等改編東洋歌，唱出自己風格，搭配特殊台風，舞台放送魅力。久美子愛明菜不愛孖池，小路喜歡田原俊彥，跳舞好看，動作有力。樂壇金字塔，頂峰競爭激烈，樂迷分敵對陣營，把偶像捧上天，對手出場，立即送上噓聲。霉到紅，紅到霉，高高低低，剎那光輝，賴士利最有共

4 孖池：八十年代日本紅星近藤真彥，港人愛稱其別號Matchy，此取讀音「孖池」。

嗚。

久美子寫道，英文不好，邊查字典邊寫，一筆一劃字跡清楚，說學校、家庭、明星、暗戀。來回幾封信後，交換個人照片，小路選一張學校旅行照，太平山頂老襯亭背景。久美子回信，她初中畢業旅行，隨學校去廣島參觀原爆紀念館。紀念公園前，久美子穿深色水手裝校服，長髮綁辮子，臉圓圓眼圓圓，笑著看鏡頭。小路以為她會穿和服，久美子卻說，正式的和服是很貴的衣服，不是很多家庭都能負擔，她沒有自己的一套和服。小路想，電視台播放的日本連續劇，女孩在重要日子穿和服，戲劇畢竟不是現實。

東瀛黃金時代，銅鑼灣小日本，日資百貨公司大本營，百德新街至波斯富街一帶，崇光、大丸、松坂屋三雄並立，軒尼詩道過馬路，三越另闢蹊徑；九龍尖沙咀，東急、伊勢丹分天下，潮流領先；新市鎮沙田，八佰伴坐鎮，日本劇集《阿信的故事》熱播，創辦人阿信一生勵志，影響所及，家庭主婦購物捧場，成忠實老主顧。

姐姐買護膚品，和小路去伊勢丹，資生堂櫃檯前，化妝小姐妝容細緻，眉毛眼線描畫一絲不苟，拿起一瓶潤膚露，倒出一滴塗在姐姐手背，打圈推開，一抹亮澤。「這是給年輕肌膚的系列，特別適合你們這些少女。」化妝小姐邊塗邊說。姐姐笑開了顏，買下整套系列，包括潔面霜、爽膚水、潤臉霜、眼霜，花去兩個月零用錢。化妝小姐給她一張小卡片，買夠數量可蓋印，集滿印章，換額外贈品，有旅行裝小瓶、香水等細物。姐姐開心收下，仔細夾在皮包內。資生堂電視廣告片，晚上黃金時段播放，廣告女郎澤口靖子綺麗傾城，深入民心。女顧客來到櫃檯前，指著廣告照，打聽美豔秘密。

小路滿十八歲那年，姐姐送她的生日禮物，是資生堂一套護膚品。「女孩子長得不漂亮不要緊，皮膚好也很好。」姐姐說，保養要趁早開始。小路不敢怠慢，天天晨昏洗臉，程序做足，用完再買一套，儲下印章。

日資百貨公司，分層分部，崇光有電梯女郎，穿制服戴白手套，開關電梯。坐到頂層，逐層逛下來，家居、運動服、男裝、女裝，地庫是超級市場、糕餅店、餐廳。買日本時裝雜誌，買日本製造衣飾，買文具，買甜點。那些蛋糕、餅乾的包裝啊，簡直金雕玉砌，一層層花紙包覆緊密，撕開一張，還有一張，最後逐個細裝，放進特製紙袋，加上封口貼紙，「Thank You」心形圖案。形式和內容，完美主義極致。

街上日本遊客成群結隊，尖沙咀酒店內，半島和麗晶的咖啡廳，坐滿日本人，享用下午茶。他們衣履光鮮整潔，男子多穿西裝外套，女子全妝上陣，說話輕聲細語，「蘇咪媽腥」「阿里加多」「沙喳嗱啦」此起彼落。阿森唱完《鐵塔凌雲》，揮掉鄉愁，如今唱《日本娃娃》，笑中有淚。

姐姐大學畢業，和兩個同學去日本旅行，跟旅行團，東京京都五天團，淺草祈福，京都穿和服拍照，住榻榻米旅館，買來草餅手信。她的中學同學美倫，跑去東京念日語，畢業後留下工作，姐姐趁旅行團的半天自由活動，跟美倫在東京新宿逛街。「你記得美倫嗎？她現在變得很時髦，擲掉眼鏡，穿衣談吐都像一個日本人，還交了日本男友。」小路有點印象，姐姐中學開放日，負責接待的同學裡，美倫較不起眼，不像安娜那樣招人看。姐姐又說，日本真乾淨，街上沒有垃圾，廁所自動清潔，還有音樂。小路看旅行照片，穿和服的姐姐，倚在檐廊前，回頭淺笑，像日本電視劇的女孩，熟悉中有點陌生。

小路和久美子相約，將來要去探訪對方。久美子說，她和家人不曾出國旅行，國內旅遊只去東京附近，北海道也沒去過，倒是學校旅行去過廣島。小路問，去過東京迪士尼樂園嗎，久美子說，想和暗戀的男同學去，希望畢業前表白。

周可怡來信，密密寫滿兩頁，說學習生活。英國文學課，教莎士比亞，讀本是《哈姆雷特》，老師逐句講解，最初她讀不懂，某天「突然開竅」，也講給小路聽。一個周末，她隨寄宿家庭出遊，去了莎士比亞出生地，中部一個小鎮。莎士比亞故居門外，排隊的人耐心等候，進屋看十六世紀擺設和氣息。所有人都為莎士比亞而來，鎮上有即興戲劇表演，湖畔天鵝不寂寞，遊客爭相投食。夏天草地上，年輕戲劇學生演出《仲夏夜之夢》。「這真是取之不盡的文化寶藏。」周可怡告訴小路，她來了英國之後，開始對戲劇和文化節目感興趣，想要多認識一點。

小路說，從前你在香港，也參加朗誦比賽，也去大會堂看展覽、聽音樂會。那些朗誦比賽，別說了，現在想來，很是做作，周可怡說。小路記得，有一趟聯校朗誦比賽，她和周可怡都入圍，最終落敗。冠軍得主是港島名校一個女生，個子嬌小，充滿自信，朗誦時眼睛睜大，表情豐富，聲調抑揚頓挫，高音夠高，低音夠低，身體隨句子晃動，節奏拿捏準確，是一場成功的表演。

小路告訴周可怡，學校來了兩個英文老師，都是英國人，很受學生歡迎。男的叫荷馬先生，教低年級，女的叫史密斯太太，教高年級。史密斯太太教小路的班，沒有默書，沒有固定讀本，堂上讀不同文章，史密斯太太影印派發，英文報章、小說、詩歌、演講，不同題材和情境，訓練閱讀理解，有時播放錄音，和同學做對話練習，每周交寫作功課，小路認真寫，史密斯太太給評語，大加鼓勵。兩個老師來了後，設定一個英語日，全校師生當天只說英語，中文課除外。小息時，領袖生巡邏，遇上學生犯規，記名罰錢，交給英語學會，用作開放日活動經費。史密斯太太留意學生不同程度，知道小路愛看課外書，給她介紹自己最喜歡的作家，羅爾德達爾。小路去圖書館借，一讀就喜歡，羅爾德達爾出生在威爾斯，也是史密斯太太的家鄉，同鄉多分親。

史密斯太太只教了兩年，就轉去一家國際學校。離開後，曾回女皇中學探訪舊生，小路已升中六，原班同學只剩一半，見到史密斯太太都歡喜。她帶來大袋禮物，分發眾人，給小路的是一本羅爾德達爾故事集，還有一本法文小書《小王子》，原來她在國際學校教法文。史密斯太太說，以後可以學法語，即時教同學用法語數數，從一數至十。

學生最大噩夢是考試，從小到大，小考，大考，期中試，測驗，不同名目，不同階段，過關斬將。備試各出奇謀，做舊試卷，限時答題，讀秘笈，報補習班，隨明星老師操練。寶兒報讀一班，補習經濟科，放學後趕去上課，遲了十分鐘，課室已滿，只能坐最後排，臨時加設桌椅。她拿筆記給小路看，圈劃出重點，「這個老師是王牌，屢貼中試題。」她說，名校很多學生來補習，前兩行霸位排排坐，戰意高昂。

中五課堂，會考戰前氣氛熾烈，課程趕進度，老師安排補課，放學留校，待到傍晚。下學期，班主任喚小路去教員室，有個聯合世界書院獎學金，資助香港學生前去修讀預科課程，學校需要提名學生參加，她把小路的名字交上去。其後填表，世界書院名單上勾選意願，書院分布全球，英國、加拿大、美國、南非都有，小路看中一家在意大利，威尼斯附近的小城，的里雅斯特。威尼斯，馬可孛羅東遊啟航之地。

沒多久，小路接到面試通知，地點在教育署一幢建築物。長長走廊，放上幾張課室椅子，燈光慘白，像醫院診症輪候區。門外第一張椅子，坐著一個短髮女孩，穿格子校服裙，不一會離座走進房間。職員跟小路確定名字，指示她坐下。「待會喊名字，你就可以進去了。」

進去房間，一張長桌分隔，對面坐了三個人。小路認得，坐中央的西裝先生，是教育電視節目常露面的中文博士，教授粵語正音。博士先開腔發問，出乎意料，吐出標準英式英語，他問小路，為什麼不選英國？小路沒想過有此一問，呆住半秒，然後隨便說，英倫天氣不好，下太多雨。博士再問，關於英國文化，可認識什麼？小路沒去過英國，談不上認識，她想起喜歡的樂隊和作家，但說出口的，只有「披頭四和福爾摩斯」，再補上狄更斯。博士似乎有點滿意，點點頭，只補充了一句：「英國也有好天氣的日子」，就不再問了。其餘兩個評判，語氣溫和，問小路的學習計劃，有什麼打算，將來想做什麼。面試結束，小路鬆了一口氣，離開建築物，坐巴士回校。

她給周可怡寫信，如果有人問她，為什麼要去意大利，她可以說說馬可孛羅遊記。周可怡說，你應該來英國，我們可以作伴。

幾星期後，評選通知寄到，獎學金是年名額十個，小路排第十一，候補優先，如有人退出她可補上。最終無人放棄，小路沒失望，她不太想離開香港。

四月模擬考過後，學期終結，考生在家溫習。准考證發下，各科目分派不同試場，小路和寶兒周末同訪試場，逐間確認地址無誤，算好交通路線。最後一個月，全力衝刺，編時間表，早午晚三更，八科輪流再三複習。

開考當日，早上抵試場，考生互不識，神情各異，有人抱緊筆記誦唸，一刻不放手。校鐘敲響，排隊入禮堂，桌椅一行行排列，如稻田橫直間隔，一人佔一格，桌上只放試卷紙筆。鐘響，拆卷開筆疾書，手速追腦速，不知分秒過。鐘再響，“Pens Down！”，筆停，抬頭，輕舟已過萬重山。

接著兩星期，地獄來回一遍。最後一科考完，步出試場，定局已成，中學生活休止。小路收拾課本筆記，層層疊疊堆放書架上，不曾再翻開。想讀書不想考試，不考試就不能讀書，一試定江山，不容有失，一場又一場，壓力沒完沒了。

放榜前漫長暑假，得寶兒親戚介紹，寶兒和小路在永安百貨公司做暑期工。小路分配到童裝部，組長是蓮姐和娟姐。暑期工沒有佣金，蓮姐把自己員工編號交小路輸入，營業額盡歸她，娟姐不高興，著小路負責推銷星期天特價品，多是滯銷的小童三輪單車、兒童座椅。小路照樣高興叫賣，遇扶老攜幼顧客，詳細講解，讓小孩試踩，走道來回幾趟，倒也賣了幾輛。蓮姐笑瞇瞇，說月尾出糧，要請小路吃雪糕。

寶兒賣家居用品，推廣法國煎鑊，示範煎蘿蔔糕，一片切糕煎完再煎，手忙腳亂。小路上廁所空檔，繞去寶兒攤檔，順便替她整理特價牌。周末人多，幾個師奶圍在寶兒面前，試吃煎香腸，問煎鑊痴底不痴底，用油多不多，只問不買。午膳時段，上頂樓的職員飯堂，拿飯票換午飯，兩餸一湯，白飯任裝。寶兒解開制服襯衣喉頂鈕扣，邊喝湯邊歎氣，「怎麼有人一輩子在這裡，悶死了。」小路說，安穩吧，像蓮姐和娟姐，少女做到中年，上班聊天，下班管家，子女丈夫生性就沒憂煩。

休息日，小路在彌敦道，遇見同學佩雯，中三曾同一班，很少說話。佩雯在派傳單，途人望望她，直直走過，大多不接。她伸出的手，懸在半空，無著落，小路上前，接過一張，再拿走一疊傳單，走去上海街。榕樹頭公園前，退休阿伯晃遊，見傳單就拿，細閱內容，「紅磡傢俬店　木製家具特惠日」，看完隨手掉在垃圾桶。

佩雯另有一份兼職，一星期兩天，在新蒲崗玩具廠，安裝玩具車。組長很惡，遲到一分鐘扣錢，佩雯說。

小路派完傳單，佩雯請她吃魚蛋，二人往廟街檔口，買了幾串魚蛋，走去街角唐樓三樓，佩雯的家。

佩雯媽媽著小路隨便玩，仍坐小板凳上，埋首穿塑膠花，「現在已經愈來愈少貨，這批是最後一批了，批貨那邊說。」佩雯弟弟讀小學，打開折疊桌寫功課，佩雯送上一串魚蛋，他接過趕緊咬一口，咕嚕嚷著要吃麥當勞。佩雯說，放榜後，打算找長工，最好是寫字樓上班，不用日曬雨淋，也許先報讀秘書課程。佩雯爸爸做地盤，早出晚歸，夜裡睡覺常喊痛。

小路姐姐做過麥當勞暑期工，職位最低，天天洗廁所、炸薯條，漢堡包吃到厭，做了兩個月，放榜後回校升預科，發憤考大學。姐姐說，不是所有人都有選擇，可以離開就叫生活體驗，離不開是命運。

小路問寶兒，寶兒問親戚，永安暑期工已無空缺。下一個休息日，小路陪佩雯去勞工處，登記找暑期工，看到請女文員的帖子，抄下電話號碼打去，幾份都請了人。招工看板上，貼出各式工種，搬運工、地盤雜工、廚房工，男多女少，藍領，賣汗賣力，包伙食或不包，不用文憑。有文憑或證書，選擇多一些，會計文員、打字員、車房銷售、辦公室助理。佩雯買報紙，攤開兩版招聘廣告，小格子逐個看，紅筆圈出合適的，再打電話去問。太平道一家車房聘請文員，讓她過去見工，老闆娘說她合眼緣，明天可來上班。

六月陽光暈蕩暈蕩，人浮於事，隨水漂流，不知往何處去。

驪歌將奏，別前相聚，畢業生級會籌辦謝師宴，選在尖沙咀香格里拉酒店宴會廳，師生隆重以待。小路去東急女裝部，買了一條日本花裙子，借姐姐化妝品和香水，塗口紅畫眉目，頭髮扎起，拿手袋穿有踭鞋，自覺似淑女，女同學個個亭亭開花，一夜長大，男同學西裝配領帶，紳士風範。照片拍出來，小路幾不認得自己。

席上抽獎玩問答遊戲，訓導主任上台最後訓話，合唱組同學表演，唱《千個太陽》、《千千闕歌》、《祝福》、《Those Were The Days》，畢業歌單必備，全場拍掌唱和，彩燈轉圈散射，映得今宵如夢幻麗，琉璃時光永凝。

「那些日子　我的朋友
我們曾經以為它們永遠不會結束
我們會唱歌跳舞　長長久久

我們會過我們選擇的生活
我們會戰鬥　永遠不會失敗
因為我們還年輕　必定會走自己的路
那些日子　啊　是的　就是那些日子
啦啦啦　啦啦啦」

夜宴散席，班上女同學不捨，齊集酒店大堂，水晶燈籠燦亮，垂吊半空，華美流瀉，大夥輪流合照，擺甫士多角度。

小路和寶兒披肩一兜，離開酒店，沿海濱長廊散步。鞋子新買夾腳，走路一拐一拐的。涼風吹來，對岸中環夜景不滅，霓虹招牌比星亮，海面泛光，燈影粼粼。一艘舢舨飄過，遊客船上舉杯，彷彿聽見他們高歌，浪花輕聲拍岸。

岸邊一群男孩，抽煙喝啤酒，見小路和寶兒細步走過，隨口搭訕，「穿這麼美，去哪裡。」寶兒繞緊小路手臂，拉她走開。黑夜碼頭旁邊，便利店永遠白晝，叮噹門一開，轉進去稍歇，應有盡有。

寶兒說，爸爸告訴她，多年前有一個女孩，參加完謝師宴，坐的士回家，遇上雨夜屠夫遭肢解，她不敢一個人坐的士。小路小時候，那新聞哄動，多名女子受害，媽媽不讓姐姐晚上出門，男人護送家中女孩出入，惶惶然好一陣子。

小學時期，每個新學年，有女警察來學校，跟女生做講座，教防狼方法。注意可疑人，出入留心背後，危險情況盡量拖延，何時呼救夠安全。生活滿佈陷阱，一步一驚心。周末下午，小路去圖書館，角落裡閃出一個深衣男人，魍魎一樣，書架之間游離，至她離館仍尾隨。她心裡升起警覺，大街上團團轉，決定到士多借電話，瞄到男人沒跟來，一個箭步快跑回家。媽媽嚇壞，叫小路不要單獨出門。小路不怕，街區之內，街坊都認得，士多，文具店，麵包店，報紙檔，涼茶鋪，自小幫襯，店主老實可靠，店貓分外乖。幾條街以外，世界無常，秩序不明。

放榜日，小路大早回校，成績單打開，中英文科目優，成績過關，可原校升中六。寶兒失望，八科只有兩科良，其中一科是經濟，然她早有計劃，先去私校念一年，再去加拿大升大學。班上四十人，刷掉一半，兩班文科剩下一班上預科。下午開放學位，外校優生轉來插班。校門外的士一輛輛，街上會考生四處奔撲，原校、轉校、重讀，十字路口前彷徨張望。電台全日播出放榜消息，提供升學輔導資料，教育機構擠滿學子家長，明星名人過來人分享心得，會考不是終點，考試失敗不是世界末日，條條大路通羅馬，情緒困擾熱線電話二十四小時開通。狀元出爐，九優生說秘訣，平日溫習，同學組讀書會，從不臨急抱佛腳，父母光榮。

珠珠成績失準，兩頭不到岸，下午去港島一家官校詢問不果，又折返女皇中學，教務處央求職員留位，負責招生的何老師，托托眼鏡，說要先看看外校生成績，珠珠急得滿臉通紅，兩行淚珠滾下。小路剛辦好手續，見狀加入，代珠珠求情。何老師受舊生情誼打動，答應替珠珠留位。「葉小路，多謝你。」珠珠抹掉眼淚。

佩雯中英及格，數學肥佬，計劃自修重考，明年再來，車房老闆娘喜歡她，讓她轉長工。她找到目標，要念商科，學會計，下班後去夜校上課，周末自修室報到，決心前所未有。「最後機會，再試一次，許勝不許敗。」

暑期工最後一天，娟姐指派小路到貨倉，童裝依尺寸排列整齊，小路從早忙到晚，忘記午飯，下午茶匆匆吃，回童裝部繼續收拾。一個穿戴優雅的女人，拿起一件公主裙，問有沒有別的顏色，小路看她覺得眼熟，這時娟姐已走過來，把小路推開一旁，「讓我來幫忙吧。」五官堆出一座小山笑容，「鍾太好眼光，這條裙意大利新到貨。」蓮姐小聲說，「那是陳秋霞，熟客，每次都買很多。」啊陳秋霞，小路媽媽的偶像，永遠少女的笑顏，聲音甜美，最紅時結婚，退出歌壇，像山口百惠那樣，認定的路，走下去不回頭，看來也不留戀。媽媽一代，絲蘿求託喬木，除非梳起，女人寄望歸宿，難得有情郎。陳秋霞十八歲，歌這樣唱：「點解手牽手　令我心中無恨愁／難道大家手相牽　就會牽開心裡憂……雙雙手牽手　共你一生永並頭／從此你一雙手　為我解開心裡扣」。

媽媽說，小路和姐姐用心讀書，養活自己，嫁人不是最重要，嫁不好不如做女好。

05

小路打定主意，報讀山上大學新聞系。中六開學不久，填寫學系志願，後備她填港島大學、海邊大學。幾間大學安排招生講座，先參觀校園聽課程大綱，篩選一輪再面試。

港島紅磚大學，社會科學院招生講座，經濟學教授主講，開口無冷場，小路讀報讀過他文章，其人如其文，傲氣凌人，「這裡高等學府，只收最精英的，希望你們入到來。」校門外鬧市民居，繁華中心，生活煙火盛。姐姐不住宿舍，每天坐巴士過海上學，走堂和同學吃下午茶。西環幾家老店，中餐西餐糖水店，他們當是飯堂，畢業生幾代人憶舊老地方。大學與城，同根共生，呼吸塵囂。

海邊大學，創校歷史短，百物待興，務實積極，招生流程利落，沒多餘廢話。寶兒原屬意商學院，勝在無包袱，新人新作風，開放日拉著小路，簇新教學樓上落，望海歎氣。小路安慰她，出外留學見識多。寶兒點頭，她爸爸也說，「浸過鹹水」，文憑更吃香。至今她釋然，事情不是自己想點就點，勉強無幸福，隨遇而安罷。

山上大學，山長水遠，搭火車再轉校巴，郊遊一趟。小路和寶兒，錯過校巴時間，沿斜路上山，樹蔭疏間，太陽狠曬下來，走至山腰大道，如長征萬里，細汗淋漓。「你選的新聞系，要再上山，最高，那座。」寶兒看地圖，指著山頂，一座方方正正的塔形建築矗立。她們且歇一會，依指示往學生飯堂，看見一群人排隊，寶兒問前方一個師兄，回說：「這裡就兩樣好吃，檸檬批、雞蛋糕。」寶兒果斷跟買，加兩杯凍飲，擠到角落一方桌，拉小路坐下。「至少你以後有好吃的。」寶兒把飲管往杯中篤兩篤，啜飲一啖凍檸茶，神情滿意。小路並不知道，往後山上四年，所遇人事，影響延綿二十多年。

山上大學提早取錄，中六完畢直接入學，不用參加高級程度會考，小路終於鬆懈，無心課業，趁復活節假期，隨姐姐去英國旅行，連同姐姐兩個朋友，四人同遊。

夜機出發，清晨抵倫敦希斯路機場，睡眼睜開，排隊入境，四月仍冷風陣陣，小路拉緊外套，伸展手腳，感覺一切新鮮。兩年前，一家四口跟團遊菲律賓，算上第一次坐飛機。這是第二次，跨越時區，穿過白雲，來到霧都。小說讀過，流行歌聽過，終可親眼看個究竟。坐機場巴士入城，旅館訂在大英博物館對面，雙人房連早餐。經理是印度人，帶她們去餐廳，說早餐這兒吃，早上七時到十一時供應。房間在二樓，樓梯和地板鋪地毯，鞋子踩上去無聲，牆角有暖氣爐，摸著微燙。窗戶向上推，寒氣湧進來，大英博物館圍牆前，立著一座紅色電話亭，小路姐姐說，待會到唐人街買電話卡，打電話回家報平安。

下午倫敦市內遊，街道兩旁維多利亞老房子，紅色雙層巴士駛過，新舊交雜，出奇和諧。泰晤士河畔，初春霧氣捲湧，遠處輪船汽笛聲嗚嗚，只是有時風大，倫敦塔橋前，人給吹得頭晃髮飛，幾乎站不穩，時差伴隨的倦意，盡隨風消散。這樣的霧，這樣的寒風，籠罩著狄更斯的城，整日濕氣瀰漫，憂鬱化開，浸潤所有人。隨後大笨鐘、西敏寺景點一晃，哥德式建築從明信片蹦跳出來，依舊肅靜深沉，遊人裹緊大衣，爭最佳位置排隊留影。

待霧散去，白金漢宮圍欄前，看御林軍換班，衛兵戴高高的黑毛帽配紅軍服，造型特別，站時一動不動，行走步操整齊劃一，遊客相機閃燈不止，小路旁邊一個男人舉起小女孩，「朝那大露台，節慶日子，可看到女皇站在那裡。」騎兵策馬巡邏，馬身粗壯，毛色閃亮。微雨紛紛，姐姐朋友茱莉和男友，拍照癮起，不同位置換個角度，正面側面，欄杆上欄杆前，換一筒菲林再拍。姐姐帶小路去咖啡店，買熱茶暖暖胃，正要進門，裡面一個男人出來，扶著門讓她們進去，姐姐說謝謝，回頭跟小路說，英國人真有manners，男人有紳士風度。後來坐地鐵，列車到站，候車乘客站定，待車裡的人出來，再徐徐步進車廂，不慌不忙，姐姐說，不像在香港，所有人都塞在門口，不能進也不能出，繁忙時間在金鐘站，場面奔墟一樣。小路望了望路軌，地洞掠過鼠影，車廂沒冷氣，濕氣藏在座椅間，一陣霉味，轉車大堂暗角無人，「香港地鐵乾淨明亮得多。」姐姐說，倫敦地鐵是世界最早地鐵，超過百年歷史，舊是當然的，這是文明，「人家領先時代，你還在開埠。」

第二天去劍橋，學院間穿行，庭院深深，草木寧定。課本上徐志摩詩歌《再別康橋》，浪漫多情，像那時民國文人，隔著距離看，無一不傳奇。真實的劍橋，古樸幽靜，老教授披長袍飄過，抱緊典籍沉吟思索，超然世外。小路生出嚮往，走在哲人走過的碎石路上，環顧四野，細聽千年靈魂。小路中三的英文老師，是副校長徐太，兒子念劍橋，她參加畢業禮，照片拿給學生看。徐太平日嚴厲，上課愛抽問，答錯罵人。康河小船上，徐太嫵媚如花，紅裙一襲，「波光裡的豔影」傳為佳話，中文才子林木借此仿作徐詩一首，貼壁報板與眾同樂。徐太逢喜事，不介意學生小玩笑，學年後申請退休，聽說去了英國養老。

小路來前，寫信告訴周可怡，倫敦相見。周可怡坐長途巴士來，約在柯芬園碰面。三年不見，彼此長大許多，周可怡長髮綁馬尾，英語出口不費力，腦中想事情，英語先行，廣東話反而要轉折。她們去買三文治，前面一個台灣女孩遲疑，選了一個又反悔，櫃檯男店員不耐煩，跟另一店員說：「這些妞真麻煩，賤小雞。」台灣女孩沒聽見，仍拖拉一會才付錢，拿起三文治就走。周可怡快速買了兩個，催促小路離開。「他們很討厭，不尊重亞洲女生。」周可怡說店員欺負人，以為亞洲人聽不懂，小路意會過來，也有點生氣，說寧願不吃。她們在特拉法加廣場坐下，看鴿子群飛，小路把麵包碎片拋去，鴿子立時圍聚搶吃，甚至飛到她手上，啄食三文治的火腿餡。咕咕咕，多得遊客大量餵食，鴿子肚子鼓漲，圓潤肥美，咕咕咕。

周可怡又帶小路去萊斯特廣場，買音樂劇特價票，看《孤星淚》，劇院全年無休，周可怡看了不止三次。每到「芳婷之死」一幕，她暗自拭淚。街壘群唱，「你可聽見人民在歌唱　唱著義憤者的歌／這是不再甘願為奴的人民之歌」，她嘴角嚅動，心中哼和，無限激情從心泉噴出，無所流向。散場後，兩人情緒仍未平伏，拐進查令十字路，邊走邊聊。

周可怡說，爸爸想她考劍橋法律系，她卻有點想念戲劇，問小路，看過電影《暴雨驕陽》沒有，小路點頭，英文台播過，周可怡學校的電影學會，播放了一場，她看完在筆記簿寫下"carpe diem"，拉丁文，基廷老師用來訓勉學生，「Seize the Day，把握當下。」周可怡說，自小順著父母心意，所有事情安排妥當，她從沒覺得問題，做得到也做得好，老師長輩讚賞，但是她開始不知道，這就是她想要的人生。

小路默默聆聽，那個衝刺的周可怡不見了，她的世界起了變化，也許是好的變化。十八歲，花朵一樣，正要盛放。周可怡陪小路走回旅館，門前幾級台階，小路走上去，推門進去前，回頭跟周可怡說，「周可怡，努力啊！」周可怡笑了，用力揮手，「你也是，返香港寫信。」

倫敦最後一天，早餐吃罷，直奔大英博物館，茉莉說「住對面，咁近城隍廟，唔求返枝籤就笨」，不執輸。博物館古希臘建築，如雅典神殿，大理石支柱環繞，中庭氣勢恢宏，人顯得渺小。館內展品太多，走馬看花看不完。小路和姐姐在埃及館流連，木乃伊、法老王像、鍍金棺材、動物青銅像、字碑、莎草紙卷，埃及境外最多文物齊集，冷氣展廳白牆森然，玻璃倒影現代人面，上萬年皇朝眼前鋪開，夢裡穿越，不知身是誰。

日不落帝國出征，四方寶物收歸髦下，古文明遺物盡攬，至盛至強。公元前三百年，埃及亞歷山大港一座「繆斯」，收納古希臘亞歷山大大帝征戰所得珍品，轉世重生成現代museum。博物館源頭即是，攻城掠寶耀武揚威，帝王珍藏，貴族之間共享。他者文明，異文明，視作異域奇觀，招人圍觀鑑賞。文明與人，同被物化，被觀看。觀光，看物看人，你看我看你。現代博物館，極力洗脫「戰利品／賊贓」嫌疑，推廣藝術教育，保護文化遺產，以美學之名，守護美學，無分國界。一個文明消失了，在另一個文明重生。翻轉觀念，重寫語言，不在大英博物館，就湮沒於歷史廢墟。每一個參觀者，同時是見證者。

古文物珍寶，眼看手勿動，萬般繁華帶不走。現世精品之城，有騎士橋哈羅氏百貨店。旋轉門轉進去，金光閃閃，陰沉濕冷的人間徹底擋在門外。室內宮殿模樣，裝潢豪華，吊燈鍍金扶手擦得晶亮，高級精品包羅萬有，排場夢幻迎來送往，顧客如入伊甸園，張開眼睛，處處是誘惑，貪婪原罪。非常熱鬧，卻異常安靜，無人喧嘩。小路在禮物部徘徊，挑選手信。鐵盒裝餅乾，繽紛糖果，泰迪熊，印上哈羅氏商標的手挽袋，一個比一個精緻。帶回家，拆開大笨鐘，藏著熊仔型巧克力，苦甜味道舌上纏繞，紅色郵筒錢箱放桌上，投進零錢噹噹響。姐姐給爸爸媽媽買禮物，各買一件卡士咩毛衣，蘇格蘭優質羊絨，不起毛球不扎人，柔順溫暖。

寶兒拿到手信，是一個哈羅氏招牌墨綠熊仔圖案小挽袋，她把錢包零物放進去，歡喜地晃來晃去，問英國好玩嗎，像不像香港。小路猶豫，該倒過來問，香港像不像英國？只是旅遊吧了，算是見識一場。她想起，史密斯太太老說，英國人見面，互相打招呼，以天氣為開場白，不是客套話，他們真心關心天氣。島上風雲隨時變色，變幻莫測，史密斯太太受夠了，更愛亞熱帶風光，假期舉家泰國渡假，曬一身古銅色，亞洲女孩熱衷白皙膚色，她嫌不夠健康。

小路遊覽劍橋一天，早上陽光和煦，下午烏雲飄至，沒一會，乾脆下雨，她和姐姐急躲進小茶室避雨，下午茶時刻，出爐鬆餅暖烘烘，配伯爵紅茶。一群客人推門進來，茶店侍應笑說，這本是尋常風景，鄰桌一對老夫婦笑呵呵，向眾人微笑，歡迎來到英格蘭。有傘的，多是遊客。本地人習以為常，男子穿一件防水風衣，名牌巴伯上了蠟外衣，內層夾棉可脫下，四季皆宜，再戴一頂雨帽，瀟灑走過。雨過一陣稍停，茶室顧客結帳離去，繼續要辦的事。如果住下來，這裡生活節奏，慢悠悠但淡定，還有說話方式，迂迴曲折，兜遠路去講。小路性子急，直來直去，一刻坐不定，前面大世界，她還要去看，去經歷。

第二章

01

告別中學，校服脫下，走去山上，變裝變身，做了大學生。

中學鬥獸場，競爭意識強烈，集體秩序鮮明，融入秩序，等於融入社會。社會齒輪運作暢順，仰賴一個個符合標準的合格零件。平均主義製造的精英，低調務實，講效率依規條，現代官僚系統推動及執行者，心無旁騖，不做多餘的事。學校大禮堂早會，女生夏裙透薄，男生白衣白褲，怕髒椅上先墊白紙。台上彈琴，起立唱校歌，通天大窗敞亮，陽光沿厚簾子灑下，地上劃開一格格影子，小路眼神游離，望著光影失神，暗數何時才能結束，時間表緊實，集體生活，牢獄一樣。然而，反叛念頭她藏起，溫順配合，無風無浪到畢業，可無縫接上社會軌道，用功一點甚至可成為成功人士。中一入學登記日，爸爸親自帶她報到，拿校簿校訓，到指定校服店給她買校服，兩條裙子輪流換洗，回家檢查妥當，囑她「尊師重道，在校別惹是生非」。

山上大學開學前，安排迎新營。書院有大O[5]，學系有細O，一大一小成人禮，測試中學出廠零件。小路兩個都報名，表現合群，與人為善。

一群新鮮人，師兄師姐面前，聽任擺佈。集體主義過渡至個人主義，最後階段。此後就是，一個人上課，一個人下課，一個人吃飯，一個人做論文。想要群體認同，可以上莊，可以住宿舍，可以拍拖。

細O分組，小路同組一個新生何敏，亮麗，自信，風格成熟。十八年華，小路還看其他女生，感覺大家尚未成形，有待完成。但何敏不是，她早已是完成品，蓋印出廠，毋用退換。分別實在明顯，她也有自覺，坐立昂首，眉梢眼角帶傲氣。

迎新營四日三夜，白天遊戲活動，認識校園和學系，晚上聚會夜話，交際聯誼，深聊談心。有一晚夜話環節，兩人配對一組，小路抽到何敏，依照指示，得找個地方傾談。她們沿斜坡走，面向海港圍欄一處，背靠坐下看海，海上黑夜，幾艘小艇閃燈細亮，若隱若現如燭光。片刻無話，小路盤算如何開場，何敏忽然輕聲抱怨，細O無聊，想盡快歸家。小路搭腔，還有一天就結束了。何敏歎了一口氣，開始說自己的事。

何敏擅舞，中學校內鋒頭躉，舞蹈學會主席，眾星伴月，老師同學愛戴，不識平庸滋味。瓜子臉蛋輪廓分明，鼻尖微翹，一點小雀斑加添佻皮，外表是主角命，舞台站中央，spotlight對準。俗語說，一手好牌。何敏簡介完中學背景，一個急轉彎，講身世家事，語氣黯然。也許是海風，也許是深夜，氣氛推演，使人交出真心。小路不曾料到，不過初識，就掏心掏肺。何敏冷傲外在，可望不可即的神情，只是她鬆懶，敷衍世界了事，實則對人毫無防備，有人敲門，她就開門，直接交心。喜怒愛憎她擺臉上，情緒說來就來，熱情不持久，讓她滿意不易。

何敏說，家庭不幸福，爸爸早離家出走，失聯多年，媽媽一人養大她和弟弟。何敏媽媽漂亮招搖，何敏嫌她常換男朋友，家裡不時出現陌生男人，同居一時。「那些男人對我摸手摸腳，媽媽還裝作不知道。」何敏弟弟保護姐姐，曾和媽媽男友打架，驚動鄰居報警，警察上門，調停一番。自此以後，媽媽小心交男友，一家三口相依。

何敏輕描淡寫，像說別人的事。小路暗驚心，敞開心扉交換心事，但她可以拿出來的，盡是瑣事，芝麻綠豆，稱不上等價交換。小路家庭平凡，爸爸媽媽姐姐，是最普通的爸爸媽媽姐姐，家裡不吵不鬧不打不罵，爸爸對姐妹倆有期望，但不強人所難。「爸爸在北方吃過苦，他常說，生活安穩，人平安就好。」說完小路停頓，不再說下去，何敏沒有了爸爸，聽了不知會不會難過。

5 大O：迎新營，英文Orientation Camp，簡稱"O Camp"。書院的迎新營較大規模，稱大O；學系規模較小，稱細O。

兩人東拉西扯，說一些從前中學的事，為什麼選新聞系。夜更深，談心時段夠鐘，組長召集大鐘底下宵夜。大鐘，一座報時鐘樓，聳立宿舍路上，書院地標之一。眾人圍著吃糖水，師姐端出大煲糖水，是晚綠豆沙，紙杯代碗，一人一杯，暑熱天，吃進肚裡清熱解毒。

第二天，分組活動，校園尋寶整日，晚上舉行聯歡會，輪到師兄師姐表演，各人多才多藝，唱歌跳舞唸詩耍劍，樣樣皆行。小路疑心這是天才表演，自小訓練有素。中學明星，就算校園呼風喚雨，來到山上，如水滴匯入海，一山還有一山高，天外有天。

喧鬧至凌晨，倦極散去。迎新過後，學期始啟。

大學選科自由，時間表每人不一。何敏住宿舍，小路沒申請到，課堂之間無事，有時去她房間坐，她室友通常不在，兩人聽音樂吃東西，等待各自下一堂課。何敏房間在地面一層，窗戶面向大鐘，路人走過可見，牆上她掛大幅沙龍獨照，美麗張揚，男生探頭偷望，她索性垂下窗簾，神秘感猶增。

小路有一科，要和別系同學做作業，臨近學期尾，徹夜趕工，唯有到何敏房裡「屈蛇」，寄住一晚。屈蛇，非宿生借宿泛濫，無法禁絕，採開放政策，舍堂容許買「蛇票」，可安全過夜。省錢不買「蛇票」，遇上舍監突擊「打蛇」，隨時得不償失。打蛇之夜，通舍燈明，驚呼怪叫傳遍山頭，有人抱著一床薄被及時逃出，有人無票當場逮獲，乖乖交幾倍罰款，過程驚險刺激，如街頭小販遇政府巡邏人員，大叫「走鬼」，推車走避，或棄貨物不顧，人保平安至上。小路有時買有時不買，視乎直覺，幾次沒買也沒事。有次買了蛇票，半夜正要躺下，何敏室友突然回來，小路只好和何敏擠在一張床，兩個人都睡不好，醒來全身痠痛，比沒睡還累。何敏發現趕不上早課，拉小路走堂，去飯堂吃早餐。她埋怨小路，連累她錯過李教授的課，說時臉上卻無慍色，小路也就笑嘻嘻，回說請她吃早餐補數，點了火腿通粉配多士。

大學尋歸屬感，有些同學熱衷上莊，系會、學生會、各屬會，總找得一個興趣小組，課餘投入。小路甘願當隱形人，校園四處漂流，其樂自得。圖書館門前一座雕塑，呈太極對招姿態，下留通道讓人穿行。迎新營中，師兄千叮萬囑，傳說有云，未畢業前不要穿過這道「門」，可是每到五月畢業季，人人披畢業袍雕塑下留影，自行解咒。雕塑前常設桌椅，學生會辦活動，擺下擂台，討論各種議題。遇有激烈辯論，請來校外名人、評論家陳述己見，台前聚集一批學生聽眾，間或拍掌回應，場面生動，氣氛可比維多利亞公園的周日論壇，市民圍聚議事，口水花四濺。小路憶起，中三班主任問同學，平日愛看什麼電視節目，中文才子林木站起來說，看電視直播維園周日論壇，同學哄堂大笑，林木也跟著笑，自嘲維園詩人。林木後來隨家人移民去美國，行李全是武俠小說。

寒假長，各屬會紛辦交流團，旅費便宜，交流為名，旅遊為實。小路報名一個文學會的北京交流團，一行團友二十人，來自不同學系，領隊是文學會主席和內閣成員。路途轉折，坐火車先上廣州，再轉乘長途火車去北京，硬臥鋪上中下三層，阿當、貝蒂、小路各佔一層，白天齊坐下鋪，喝茶聊天。阿當念工程，貝蒂念工商管理，第一次出遠門，事事好奇。阿當隨身帶相機一台，另備一打菲林，不放過每個瞬間，每停一站，下車在月台拍照。火車顛簸似搖籃，他們沉睡滑入夢中深處，一夜過去，中午抵達北京火車站。冬日寒風刮面，呼出圈圈白氣，小路把羊毛圍巾繫緊，借來姐姐羽絨外套包得嚴實，陣陣寒氣仍穿透鞋底。旅遊車一來，團友快步登車，到賓館安頓下來。小路和貝蒂同房，房間擺設簡單，兩床一桌兩椅，一張床靠窗，一張床靠洗手間，小路放下背囊，拉開窗簾，外頭是一個後院，幾株禿椏小樹向上伸展，望過去，一片灰黑屋頂，不辨方向。

交流對應當地接待單位，這次是廣播學院和師範大學。文學會主席率團，先往廣播學院，校方派出學生代表歡迎。學生代表數人，女的高䠷美麗，女主播模樣，男的高大挺拔，輪流表演相聲、演講、聲樂、短劇，聲色藝俱全。學生領袖小李穿一襲中式深藍長袍，披一條白圍巾，造型像俊俏版張明敏，只差沒唱《我的中國心》。小李才情過人，腦筋轉得快，唸詩說段子莊諧皆可。歡迎會氣氛熱烈，文學會主席拿出隨身攜帶的笛子，即興吹奏一曲，作為回禮。校方備有茶點，學生隨意聊天。小路也念新聞系，算是同門，小李就問得仔細，學什麼專業，看電影嗎。小路聽得懂普通話，說話不太行，努力捲舌擠出一兩句，不知他有沒有聽明白。小李和同學領路，帶團友參觀校園，貝蒂問女主播，畢業後是不是去電視台報新聞，女主播說還不知道會否留在北京，要看單位分派。女主播普通話四聲標準，不差分毫，倒模一樣，她說專業廣播訓練嚴格，她學習好久才勉強及格。

夜宴於全聚德，吃北京烤鴨，飯館門口掛大燈籠，大廳富麗，裡間包廂，分坐兩桌。戴白高帽師傅出場，推出整隻烤鴨，快速片出鴨皮，薄脆油潤，先沾白糖吃，再片出餘下鴨肉，加大葱蘸甜醬包薄餅吃。油脂沾滿手，鴨香滿腔，一片接一片，無人講話。

飯館望去，幾乎全是旅遊團，不少金髮藍眼，門外一輛輛旅遊車等著，團友酒酣飯飽，搖晃上車。

第二天往師範大學，同樣由學生代表接待。領袖是大四男生小林，國字臉戴眼鏡，高瘦，黑大衣灰圍巾，走路瀟灑，小路心裡一陣怦然。小林擅書畫，題字贈送文學會，誌記兩大學交流活動。小林和幾個同學熱情友善，對香港好奇，問很多問題，他們喜歡廣東歌，去市集買卡式錄音帶，其中一個同學開口大唱「浪奔浪流——也只會這麼一句」，大家笑了。阿當說，以後來香港旅遊，輪到我們做東，帶你們去玩。小路咳嗽幾下，小林問她是否病了，喜歡北方嗎？小路說，太冷了，房間暖氣太乾燥。小林教她，暖氣旁放一條濕毛布，可增濕度。大夥聊得暢快，臨別依依，彼此留下地址，日後聯絡。小路算了一下，小林是八九年後入學，想和他說什麼，不懂如何開口。小林寫地址交小路，叫她回去寫信。他住師範大學宿舍，小路撫著紙張，字如其人秀逸，映進心間，她慢慢折疊收起，放在背包裡。

那天晚上，幾個團友起意，決定夜遊天安門。文學會主席領頭，賓館門外招出租車，副主席、文書、阿當、貝蒂、小路緊隨，六人分乘兩車。駛到長安大街上，司機問，這麼晚去天安門幹啥？阿當遊客上身，豪氣吆喝，難得來北京，當然要去看看毛主席啊。司機聽了，當然當然，好的，我看能不能進去。小路問，為什麼不能進去。司機說，有時候圍起來，就不能進去了。貝蒂聲調一變，溫柔若水，司機大哥，我們難得從香港來，總得觀光一下吧，拜託你了。司機大笑，聽你們口音就知道，我可喜歡香港，回歸之後，咱們一家親。三人默不作聲。

文學會主席車子先到，天安門前等著。貝蒂喊司機停車，我們團友已經在了，這裡就可以了。阿當付了錢急忙下車，貝蒂和小路才踏地，司機已踩油門離去，車門也來不及關緊。

會合後，主席領團友向廣場中央走，寒夜裡，冷風颯颯。廣場無遊人，只有三兩軍人站崗，擎槍巡邏。六人不敢高聲談話，循燈光摸索方向，悄悄移動，趨近人民英雄紀念碑。碑柱四周鐵欄圍著，無法靠近。黑夜裡，碑身顯白，人影和鐵欄投射其上。他們低頭，只聞彼此呼吸聲，節奏漸急促，感應情緒波動。小路張開眼，凝看碑上各處，每一片烏痕，彷彿無底沼澤，把人淹沒。新聞照片裡，碑前學生身影晃動，頭縛紅巾，白衣布褲，像小林那樣的人。小路默念，小林的師兄師姐。北風猛吹，六人靠攏一起，互相取暖。不一會，穿軍服的人向他們大喊，問是誰，另一把聲音催促，「快走，快走」。主席忙說，沒事沒事，我們是遊客，現在走了。

離開廣場，路邊招出租車，等了大半小時，冷僵了，始招到車回得賓館。梳洗過後，躺在床上，小路未閉眼，暗黑裡想事情。貝蒂幾度翻身，氣息漸穩，終於睡去。

隨後三天行程，走傳統觀光路線，頤和園、故宮、天壇，還有一天去八達嶺，登長城。自由活動時間，分組離團購物。才來幾天，貝蒂普通話進步神速，自帶捲舌，擔當溝通要角，阿當拍照，一打菲林快用光，路經外貿商店，一看價錢嚇一跳，不敢隨便拍。

最後一晚，逛王府井夜市，一條街燈火通明，全是小吃檔，冰糖葫蘆、炸蟲、炸蛋、羊肉串、炒麵、酸奶、水果串。貝蒂雙眼發光，饞相大現，除了炸蠍子不敢吃，每一樣都想試，直至肚子撐不住，還要買回去賓館，留待宵夜。她口裡鼓脹脹的，含著一顆冰糖葫蘆，說街頭小吃就要吃風味，回去要和小路去旺角掃街，咖喱魚蛋、燒賣、雞蛋仔、煎釀三寶、牛雜、燒魷魚，「從街頭吃到街尾」。

回香港後，文學會辦聚會，團友看照片，分享旅程感想。貝蒂最認真，做報告一樣，圖文解說，主席滿意，說要影印寄去北京，答謝兩單位招待。有一次，慶祝副主席生日，大夥去大埔吃飯，大牌檔天外天坐滿兩桌，啤酒配海鮮，席間玩詩歌接龍遊戲，文學會風格，舉座盡興。亡命小巴大埔公路飛馳，兩個團友腸胃不堪折騰，晚飯當場嘔吐出來，其他乘客忙拿膠袋張羅，司機粗口爆飛，車速不減，反手遞來垃圾桶，「大學生咁唔捱得呀[6]！」

開初聚會，團友齊人，後來逐個缺席。文學會主席落莊後，新主席上場，一團人也就散了。貝蒂和小路，沒有去旺角掃街，校園再碰面，點頭打招呼，趕去上各自的課。

小路曾收到小林一封信，簡單問候，遺憾沒多陪她們去玩，囑小路來北京再約，他帶她去潘家園看舊物，「真正有意思的舊物」。小路寫回信，先寫草稿，再戰戰兢兢抄寫，繁體字體端正清晰，說感謝他和同學熱情招待，期待還有交流活動，信寄出後，沒再收到他的字，她牽掛一刻，也不多想。

小路不再參加交流團，寧願自助旅遊，買大背囊睡袋當背包客，看旅遊書鑽研便宜路線，為賺旅費，開始替中學生補習。

寶兒親戚介紹小路，替朋友女兒補習英文，地點在火炭，小路下山搭火車過去，路途正合適。學生莎莎讀中二，英文成績不及格，小學升中學應付不來，勉強升班。小路教英文，原想啟發莎莎學習興趣，像史密斯太太那樣。但每堂只是陪莎莎做作業，文法題逐題講解，已用去兩小時，一個學期下來，成績是略有進步，試卷紅字變藍字，距離好成績，路還很長。莎莎乖女孩，喜歡運動，讀書沒天份，有時跟小路說心事。青春期女生，關心身材樣貌班上男同學，女同學猜疑妒忌，時而糖黐豆，時而翻臉杯葛。小路冷眼旁觀，走

6 大學生咁唔捱得呀：大學生這麼不能捱呀。捱，承受之意。

過的路，大同小異。莎莎迷偶像，房間貼滿黎里昂，四大天王之一，白臉小生顛倒眾生，一首I was born in Beijing唱得坦蕩，人紅帶領潮流，市場受落，歌迷拍掌唱和。不過十年前，明星自北方來，廣東話帶鄉音，阿燦形象影射，娛樂圈奮鬥，立足社會艱難。

02

大二開學前，暑假尾聲，小路和何敏，同遊上海杭州。這是兩人第一次結伴遠遊，也是唯一一次。地點是何敏選的，她中學讀中文學校，每周普通話課，普通話流利，一直想去蘇杭。小路沒所謂，心態隨和。大陸航空公司何敏不敢坐，堅持走陸路，坐火車去上海，廣州轉乘，特意多留一天，探訪何敏親戚，小路這才知道，何敏有外公在廣州。

出發當日，紅磡會合，坐直通車抵廣州火車站。站前廣場，密麻麻坐滿民工，男人如蜜蜂看見蜜糖，撲過來圍住小路和何敏，「找車嗎」、「招待所跟我來」，女人抱小孩，拉拉小路衣袖，指著一袋餅乾，喊「一塊錢一塊錢」。小路眼神堅定，抱緊背包，和何敏早有默契，誰也不搭理，民工群中穿插，有路就走。兩個人終離開廣場，越過大馬路，安全抵達火車站對面的賓館。放下行囊，馬上去探望何敏的外公。

解放路上，一幢舊平房前，何敏敲門，沒應，再敲，喊「阿公」，老人應門，門縫中伸出頭來，「哦阿敏你來了。」因只穿背心內褲，著她們等等，換上長褲，方來開門。外公穿白背心長西褲，駝著背，屋裡窄小，後面是床，走道堆滿雜物，僅容一人走動。室內悶熱，風扇乏力，小路直流汗，外公有點不好意思，聊了一會，帶她們去吃飯。街角轉彎一家食店，點兩碟小菜，也給自己點了啤酒。外公不怎吃，只喝酒，逐一問何敏家中各人，何敏一一回答。外公講廣州話，口音較重，小路有時聽不懂，要依賴何敏翻譯。飯罷，外公送兩人去公交車站，途中塞給何敏一封利是，何敏推讓不掉，只得收下，公交車來了，祖孫就此別過。她們好不容易擠上車，又擠去中間跟售票員買票，外公在車外不住揮手。

回賓館後匆匆梳洗，趕明早長途火車。臨睡前，何敏講她家故事。五十年代，外公獨留大陸，讓妻女去香港。初期受政策所限，難以團聚，後來外公已不想去了，在單位做到退休，配得一個小房間。八十年代初，外公曾去香港遊覽幾天，近年腿痛走不動，外婆過世他也沒法奔喪，長期分隔兩地，感情淡泊，放在心中懷念。短短幾天香港印象，他卻記得深。「香港很多大樓，很繁榮，很好。」何敏媽媽每年上來探親，何敏和弟弟放暑假也同行，幫忙提東西。「每次去廣州，我和弟弟身上都塞滿東西，除了給外公，也給附近的鄉里。」何敏說，「媽媽帶一個紅白藍，有一次，還托了一個東芝電飯煲，走難似的。」羅湖過關，人山人海，上去一次，回來一次，何敏想起就怕。小路見過何敏媽媽，皮膚白皙五官秀麗，已屆中年但輪廓沒有垮掉，散發成熟女人韻味。廉價賓館內，天花板舊風扇轉動，發出聲響，街外有車響號，小路有點恍惚，眼皮沉重。

火車從廣州站開出，票買的是硬臥，她們幸有一個下鋪，可坐在床邊吃喝看風景，睡了又醒，醒了又吃，吃了又睡，搖搖晃晃，經過一個又一個城市，中途停站，月台有人賣雞腿和燒餅，她們有時下車買來嚐嚐。第二天入夜抵達上海，兩個人大背囊在背，小背包胸前抱緊，隨人潮出站。站前有人舉牌招客投宿，前來攔住她們，小路算算房價便宜，和何敏商量，決定先住一晚，就隨舉牌員登上麵包車。上車發現，已有數個乘客，大包小包的，看來都是剛下長途火車，小路稍安心。車子開上高速公路，街燈愈來愈少，一片漆黑，大約半小時後，一行人到了一棟樓房，走進招待所。小路和何敏分得一間雙人房，走樓梯上二樓。房間狹窄簡陋，兩張單人床併作一大床，牆角一個衣櫃打不開。浴室共用，位於走廊末端，廁格開揚，無私隱可言。鄰房大房，一室六床，人聲嘈雜，半夜喧嚷，聽不清什麼話。房間的門沒法上鎖，她們把兩個背囊擋在門後，就爬上床和衣躺著，也不敢上廁所。何敏拉扯被子，說有蚤子咬她。暗黑中，傳來㗭㗭響，小路未曾閉眼，問何敏何事，何敏嗚咽說道，想要回家，小路歎氣，不知如何是好，輕聲安慰她，別怕，天一亮我們就走。兩人幾乎沒睡，眼光光等到天亮。晨曦初露，看錶才四時半，趕緊揹起背囊，抱著小背包奔下樓退房，接待處無人，小路不理，推開招待所大門，竟沒上鎖，二話不說，拉著何敏向外跑。一堆紅磚樓房之中，朝一個方向亂跑，抵大馬路，一輛出租車正好路過，她們大力揮手截停，著司機駛去火車站，開了好一段路，方才喘定。抵火車站旁酒店，登記入住，乘電梯上高層，房間簇新豪華，何敏笑了，背包放下，衝進浴室洗澡，換上乾淨衣服，始肯出門觀光。何敏時髦，走在路上惹人注目，往後旅程，沒再說要回家。

九十年代中期，蘇滬杭發展引擎，剛重新開動，旅遊區觀光門票，分港澳客和當地人兩種，票價相差十倍。小路省錢，假裝當地人混進去，和何敏談笑自若走向園口，卻仍給查票大媽叫住，指著她們的球鞋，「這是外國牌子，你們不是本地人。」

兩個香港女孩，四處闖蕩，討價還價，青春無懼。杭州回上海一程火車，四人廂座，對面一個孖辮女孩，老盯著何敏和小路，眼珠子黑溜溜，定睛看她們，隔一會終開口：「你們很『亮』。」小路不太明白，問什麼亮，她再說一遍「你們很亮」，何敏廣東話解釋，想是亮眼的意思。孖辮女孩點頭，何敏嘴角泛笑，陽光打右邊車窗曬進來，她拉拉頭上草小路輕喚，何敏應聲轉過來，抹抹眼角，嘴角向上提起，形成一彎淺笑。小路明白人，只問：「有事做嗎？要不要出沙田？」何敏反應一呆，隨即回過神來，點了頭。校巴來了，把她們送去山下火車站。

出沙田，學生暗號。山上生活，自由樸素，人間煙火，落山唾手可得。出沙田，新城市廣場逛八佰伴，吃漢堡炸雞披薩，看戲買零食，分一羹俗世繁華。有時沙田還不夠，要去尖沙咀銅鑼灣，玩樂選擇無窮無盡。小路和男友，灣仔看戲後，散步到碼頭坐渡輪，半夜通宵小巴回宿舍，高速公路上兩手緊牽。

來到沙田，何敏變得放鬆。商場逛過一會，二人去吃披薩，自助沙律吧前，沙律菜粟米粒堆起，一個碗裝滿。小路分到碟上，遞給何敏。何敏吃了幾口，雙頰復紅潤，緩緩說道，醫科生男友昨夜提分手。

「他說沒想過我這麼認真。」

小路披薩咬到一半，以為聽錯，沒想到也有何敏得不到的人。

「他說最初追我，因為我的外表，似是玩世不恭的女孩，交往一下就好，他可沒打算和我長久。」

何敏天生表情漠然，說什麼都像說別人的事，她對醫科生，是否動了真情，還是只想試一下，憤怒抑或無所謂，小路分不清。何敏宿舍窗前，男生如蒼蠅黏附，成群排隊排到山腳。

「我是很認真的。」

何敏認為，根據經驗，認識一個人，往往依賴表面，包裝、皮相、營銷。如果想像與事實不符，人不是去修正印象，不願承認誤判，反而用力打擊事實，扭曲事實。最後，所有事情停留在表面，無法深入理解，莫說重新定義。

這個說法，難說不對，世事有時的確如此，但不是「所有」、「全部」，也有「例外」、「少數」。小路斟酌用字，小心翼翼回應。

「有些人是這樣，也許他害怕被你拋棄，所以先提分手。」小路說，先離場的人，傷害較少。何敏不同意，「這樣只是缺乏勇氣的表現。」

「勇氣也是有限額，有些人用在不同的地方。」小路直接說出，明知會刺激她。

「不，不，一個人勇敢不勇敢，不是相對的，而是絕對的。一個懦弱的人，是沒法活得真實。」

何敏這句話，沒有錯。小路修一科哲學課，教授花一堂或幾堂，引導同學討論，品德及諸多形而上概念，抽象，難解，反覆，悖論。相對於達成共識，認識分歧更為重要。

沒有定論，只有觀點與角度。小路相信，辯論過程，理性思維有助釐清問題。舉凡抽象信念，必須以行動實踐出來，否則只是空談。

何敏沒有修哲學，思路自成一套，聽不得歧見。小路無意繼續爭論，戀人分手這課題，「太認真」或「不夠認真」，都可以是原因。向一個離開的戀人，要求提供圓滿解釋，是沒可能的。何敏執著真實的形貌，不容含糊灰色，確切到偏執。小路吃飽，倦意浮現，無心糾纏，著何敏把披薩吃完，回家睡個好覺。「我約了唐尼，影藝看電影。」小路說。

唐尼是影迷，約會必看電影。灣仔影藝，藝術片重鎮，影迷樂園。完場時，燈亮起，大門打開，觀眾相繼離座，唐尼和小路仍坐椅上，堅持看每一個工作人員的名字跑完，唐尼留心製作細節，場務、燈光、配樂，如數家珍。兩三分鐘過去，清潔阿嬸來打掃，他們最後離開。

戲院不遠處，就是海。電影氛圍不散，兩個人滔滔討論劇情，迎著海風，走向碼頭，坐在岸邊，整理未完整的想法，聊不完。浪起浪滅，夜色降臨，剛才大銀幕上，光影流動，吉光片羽，恍如夢的翅膀，讓人思緒起飛。假如雲溫達斯《柏林蒼穹下》的天使，來俯看人間，會不會愛上這裡，山海之間一座石屎森林？祂將選擇，駐足哪高處？中環那幢尖頂銀行大廈，建築師貝聿銘的現代之匕？還是康樂大廈，一個個圓形窗子，趣味更多？或許山上俯瞰，太平山或獅子山吧。小路浮想翩翩，腥鹹海風，混著一點甜。唐尼摟緊她，看到好的電影，他總激動難言，不知如何報答。有年電影節，看完塔倫天奴的《落水狗》，他獨自走了一段路，恨不得跟人分享，終於走進電話亭，打給要好的同學，獨白了半小時，直至再無硬幣投進去。

唐尼和宿舍好友，合辦小型電影學會，周末活動室放映經典影片，小路也潛進去看。每年四月國際電影節，堪稱年度最重要節目，提前一個月拿場刊，片單研究仔細，觀影時間表精心編排，走堂在所不惜。一天連走幾場，尖沙咀中環灣仔，趕船趕車，無縫接軌，背包常備餅乾和水，解決吃喝問題。場刊影片簡介寥寥數句，劇情描述天花亂墜，神乎奇技，選中好片是命定，遇上爛片悶片是必然，不到半場昏睡過去，醒來再看，原本滿座的觀眾席，只剩幾個人影，不是昏睡未醒，就是執迷不悔觀影派。

唐尼修電影製作課，功課拍實驗電影，風格強烈。他愛高達，亦愛薩耶哲雷，作品混合兩者特色，瘋狂同時悲天憫人。宿舍辦放映會，小路一幕不漏看到尾，鼓勵他拍下去。

熱戀期，兩個人形影不離，山上日子，封閉而自我，眼中只有彼此。暑假結伴出遊，旅程刻苦，是為體驗與見識。系上有個美國教授，教攝影，深受學生歡迎，堂上分享早年新聞系學生，最重要的經歷，是大三暑假實習。早半年填志願，小路對電視新聞好奇，同系美女同學爭選大電視台，小路自問不是出鏡材料，選另一家小電視台。

何敏陪小路買上班服，連鎖時裝店ESPRIT走一圈，小路選襯衣西褲裙子，再配手袋皮鞋。店裡每周推新款，擠滿年輕女郎，小路排隊付款，前面兩個台灣遊客買一堆，櫃檯疊起小山丘，刷信用卡好一會。

上班第一天，採訪主任帶領參觀，小電視台不大，直播室、控制室、剪片室、編輯部繞一圈，工作流程一目了然。全部實習生圍坐一大桌，等候分派採訪任務，隨時出外景。其他院校幾個學生，數羅拔最成熟，開口專業，主播人才。新聞部爭分奪秒，午間和晚間新聞黃金檔，開播前倒數，編輯室萬馬奔騰，各部門工作人員進入作戰狀態，腎上腺素狂飆，不容干擾。重要新聞，阿姐級記者扛起，首席記者、高級記者戒備，採訪主任也落場，無人閒著。實習生不擔重任，只負責周邊民生新聞、街訪、花邊故事。有一次，小路給採訪主任派去，採訪一個球場改裝的社區新聞，安排「出車」拍攝外景。出車最基本三人，司機、攝影師、記者。如果要即場直播，還得安排工程人員，就地架設儀器，傳回短片，連接訊號，專業環節環環扣連，一個不少。攝影師阿梁說，正常來講，這則新聞不會排上播放，給你玩玩，遂提議小路「做扒」。「做扒」，來自英文Standupper音義，記者持收音咪高峰，鏡頭前報道新聞。電視新聞，現場感所在。記者儀容、口才、臨場表現，統統計分。小路記起，八九年前後，全家日夜追看電視新聞，兩家電視台輪流看，廣場現場片段，記者表現鎮定，聲音傳達出重量，不容輕易抹去。

小路聽從阿梁指示，試著「做扒」，連試三遍，最末一句「實習記者葉小路報道」說完，咪高峰關掉，鬆一口氣，深知這行當不易。阿梁和小路，以為只是練習和遊戲，因為當天沒什麼大新聞，竟然給排上黃金檔。鏡頭下，小路面色偏白，咬字不清，一看就是個業餘，新聞片播完，她預期捱罵，採訪主任平常罵人的聲音，傳遍編輯部。結果，採訪主任沒罵，只喃喃說了句，下次「做扒」麻煩先補妝。小路摸摸自己的臉，沒化妝的臉，只塗了一點口紅。

颱風天，照常上班，好不容易截得的士，去電視台standby待命。出門前，媽媽勸她請假，橫風橫雨好危險，小路搖頭，不好吧，其他同學都回去呢。回到公司，原來也有人請假的，實習生沒有勞工保險。小路隨攝影師出車，拍攝風中實況，碼頭邊巨浪拍岸，浪比人高，她穿黃雨衣，抵擋烈風，邁開馬步企圖扎穩，左搖右擺，披頭散髮，勉力完成直播。攝影師全身淋雨，竟無半句粗話，最後舉起大拇指，「就是要這效果。」

後期階段，做國際新聞，不用出外景，室內看新聞片，收通訊社外電，選題譯寫，錄音房錄旁白，交剪片師，剪接成片。至此小路已習慣，收起雞仔聲，丹田運氣，力求莊重，懶音撇掉，字正腔圓，注意鼻音，「你」「里」「我」「哦」，節奏漸穩，似模似樣。

實習生圍聚偷師，喜學王牌主播，報新聞如講故事，親民入屋。羅拔表現標青，實習未完，給採訪主任選中，暑假後周末兼職，畢業有望正式入行。羅拔主播夢，走得迂迴。高級程度會考失手，大學落榜，重讀一年才考上，經歷過挫折，行事較其他同學成熟，淡定自信。

同期唐尼實習，選在大電視台戲劇組，負責製作劇集。拍攝進度不穩，日夜顛倒。唐尼擔任場記，幫導演記錄工作流程細節，跟蹤道具、戲服，訂飯盒、買下午茶，擔當替身、臨時演員、路人甲乙丙，他的師傅是資深場記榮哥，入行二十多年，由初級場記升任高級場記，用了二十年。唐尼說，就是「打雜」，即是沒有人認頭的事，就都關他事。有時還要兼任保母，打電話喚醒主角入廠。「主角也捱得，只剩半條人命。」行內有個大姐大，叫「鄭九組」，一天同時拍九組戲。一組開場，預備埋位，場記要過去鄰廠搶人。「不知她怎麼做到的。」

兩組之間，抽煙時段，榮哥說，這行跟紅頂白，花無百日紅，有些人早有覺悟，趁紅時多賺一筆，買樓買金，女星及早嫁人上岸，男星演藝壽命長，保養好可演到老。一將功成，燈光照不到的萬骨，營役多年，輪流轉了轉也轉不到主角命，人老色衰，無人記得。木人巷打出天下，汗淚和血吞。不想拍的戲，拿槍指著你的頭，也得拍。唐尼聽聞，影壇黑幕，槍子和金子鬥多，比權力比威勢。演員棋子一粒，肉隨砧板上。電視小熒幕，電影大銀幕，電視明星走紅，投奔大銀幕，光芒四射。港產電影，黑幫動作片主流，節奏明快，風格淩厲，吳大導獨領風騷，江湖喋血鴿子飛，飛到荷里活。唐尼學院派，偏愛偏鋒藝術片，王大導是影迷暗語，愈秘密愈快樂。《阿飛正傳》公映，銅鑼灣看午夜場，半場不到走光四分三觀眾，餘下的割凳大叫「回水」，要求退票。唐尼步出戲院，精神亢奮，回味每一個片段，第二天再入場重看，反覆背誦對白，難忘「一分鐘」。電影裡那個時代已經過去，就像現在這個時代也會過去，記得就是「你和我」，唐尼告訴小路。

唐尼跟榮哥提起，想跟王大導劇組，榮哥呼出煙圈，煙霧瞬間遮蔽他的黑眼圈，他擺擺手，叫唐尼三思，行內無人不知，跟王大導的戲，不到放映的一刻，都不知道做了什麼。「大明星都這樣，何況是場邊打雜。」榮哥語氣無比威嚴。

唐尼在劇組，天昏地暗兩個月，在家昏睡一星期，還剩兩星期，和小路去旅行，等待開學。

其他同學各有分配，做報紙、電台、公關、廣告，行業初體驗。何敏去一家女性雜誌，專注時裝美容，輕鬆上手，後期得總編輯賞識，做貼身助理，還交了攝影師男友。休假日，何敏約小路下午茶。中環置地廣場咖啡店坐下，何敏新燙髮，一襲套裝成熟大方，高跟鞋噠噠響，職業女性形象。小路問她，若然實習愉快，過後會否留任。何敏說，還不知道，總編輯向她提過，但公司很多阿姐，實習學生沒有威脅，當然相處融洽，轉全職就不敢說了。辦公室政治，何敏看得通透，小路一點訝異。

同學戴力，廣告公司寫文案，總結歸納，實習是，不知道要做什麼，只知道不想做什麼，畢業就是，不想做的，也要做。

小路實習結束，餞別聚會，旺角唱卡拉ＯＫ。實習生齊集，攝影師阿梁、文傑等人，剪片大哥、司機成哥也來了。阿梁唱歌狂人，快歌慢歌連著唱，最末點唱《紅日》，一下把氣氛炒熱至高潮，「命運就算顛沛流離／命運就算曲折離奇／命運就算恐嚇著你做人沒趣味／別流淚　心酸　更不應捨棄／我願能　一生永遠陪伴你」，眾人拍掌合唱，默默喝啤酒的成哥也鬆動，跳上沙發揮手和唱。卡拉OK影片中，歌手船頭乘風破浪，長髮女主角當紅，玉女接班人，健康清新，笑容甜美，男生夢中情人。潮流影響所及，夏日街上，女孩長髮飄飄，白衣白裙白鞋。玉女做了幾年賺夠，不留戀名利場，告別演藝圈，夥男友開形象公司，後來做過何敏的老闆。

05

畢業功課，小路選拍電影短片。先是戴力找小路，小路拉來何敏，合組製作團隊。三人構思內容，大學飯堂連日腦震盪，敲定成長故事大綱。先列人物關係表，四個主角四條故事線，聚焦主線，講生命與抉擇。小路執筆寫劇本，分場、對白，改了又改，逐場研究，戴力畫故事板，安排分鏡，計劃周全，何敏負責布景美術、道具、服飾。

四男角，四種不同人生態度，演員邀來同學賴安、奧雲、唐尼、大高，系上男生佔一半。賴安長相清秀，學生習作熱門男主角，檔期排得滿，和戴力關係好，擠出時間配合拍攝。開首一場四人夜話，校舍後方半夜拍攝，收音打燈一腳踢，戴力小路雙導演，一聲「開麥拉」，戴力開動攝影機，四人各據一角落，各有牢騷與抱負。賴安憂鬱深情，英雄難過美人關；奧雲逃避現實，一句「何以解憂，唯有杜康」；唐尼開朗豁達，隨機應變；大高大智若愚，笑看人間。故事發展下去，出外景，中環置地廣場前，十字路口過馬路，戴力路邊持攝影機，施展手搖風格，小路環球廣場天橋上看景，何敏上陣做女主角，飾演賴安戀人，穿過人群和賴安約會。車來車往，路人好奇，巡邏警察前來查詢，戴力勇字當頭，理直氣壯，解釋拍畢業功課，順利過關，繼續拍攝。下午移師南區，淺水灣沙灘，拍一場賴安何敏甜蜜戲水玩沙，交織閃回當下賴安孤獨身影，思念逝去戀人，回憶場景纏綿。人手不夠，小路拍到半路，添加一幕，和唐尼合演路人，手牽手走過，背景氣氛對比，有人歡笑有人愁。思念道具，何敏事先準備，走進學系攝影黑房，沖曬個人黑白照，放進相框。唐尼看見，大呼大吉利是。戴力說，百無禁忌。何敏淺笑，不以為然。賴安入戲，睹遺照思人，割腕不遂，紅藥水如血水，流出洗手盆。萬念俱灰，死過一回，歷劫歸來，一切已成過去。最後一場，一鏡到尾，四人交代去向，逐一離開，聚散有時，變幻無常。

戲劇張力，流於表面，手法稚嫩，入世未深理所當然。然而劇中提問，生命本義，迷惘與困惑如實招來，始終真誠。習作交出，課堂放映，導師欣賞，給予甲等成績。戴力拉隊慶功，火炭大牌檔吃乳鴿雞粥，徹夜歡聚。畢業花季在即，四年眨眼過去，別過同窗，落山闖蕩江湖，不無忐忑。戲劇迷人，一聲NG，總可重來，手起筆落，改寫劇本。現實不然，一個回頭，已是隔世。

06

衝擊來得比想像快，抵抗力度沒想像強。以為牢固的堤壩，浪掩過來，一衝就散。人沒遭滅頂，只是載浮載沉。

畢業找工作，小路經過實習，認定電視新聞不適合，申請大報文字記者獲取錄，開始練就鐵腳馬眼神仙肚。唐尼隨親戚做貿易生意，最終沒有加入電影業。戴力如願留在廣告公司，寫文案策劃行銷，天天腦震盪。何敏應徵潮流雜誌，做時裝編輯。

小路初入報館，跑突發新聞。記者配司機，隨車候命。有事發生，採訪主任通知，趕到現場，拍攝採訪，傍晚回報館寫稿，凌晨刊印。遇上大新聞，全組出動，輪更接替，電話報訊坐館同事代寫，同組資深記者陳志文，著名快筆手，兩手摩打一樣，不出片刻，千字成文，交稿給編輯，不誤去版。

小路大學寫作，英文為主，不善中文打字，拚命學習，追趕進度。報館已實施現代化流程，打字排版全部改用電腦，版房執字粒工人失業，老編輯中年轉型，倉頡速成大易九方各師各法，打得出來就成。採訪主任云，新聞前線，速度、準確同樣重要，搶新聞錯失先機，功敗垂成。小路初交稿，未掌握速度真諦，拖拉半晚未成稿，採訪主任路過見狀，大喝一句：「遲了就是遲了，雕花幾靚都無用，新聞價值是零。」真言當頭棒喝，小路心驚膽跳，謹記在心，日夜苦練，終練成快筆手一員。

入行剛滿一個月，小路和司機小康，京士柏山上候命。接報秀茂坪有人高處墮下，驅車前去採訪。現場街坊議論，一名小五男生臥地，書包擱十樓走廊。屋邨平地上，男生穿校服，白衣濺血，手腳扭曲。小路別過臉。旁邊另一報社同行，長鏡頭伸出，對準小身軀，快門咔嚓不停，頻呼「好正，好清楚，好多血」，小路扭頭盯著他，不敢置信。屋邨兩工人，拉大幅綠膠布，蓋住男孩，露出一只鞋頭。小路快速按下快門，攝下綠形人體。有女人哭聲震天，盤旋上空。

晚上報館飯堂，小路喝兩口例湯，白飯吃不下，擱下碗筷，天台透氣，對岸一片黑影，獅子山隱約，秀茂坪方向，萬戶燈火。

死亡已然尋常。報館當值坐館，收聽警方通訊台，九九九報案專線，有天下午，攔截訊號，「屍體發現」、「離島」，驚動同業互通消息。小路在港島，接得指示，小康開車送到碼頭，自行搭船赴大嶼山，地點是貝澳。船抵梅窩，碼頭遇他報兩個記者，合搭的士到現場。

中學宿營，貝澳渡假熱門地，海灘打排球，燒烤玩樂一日，黃昏潮退，放眼望去，牛隻結隊，老牛、大牛、小牛，數十隻，飲水洗澡，自在散步，如入異域。夕照波光，絢麗紅霞漫天，舞動變形，最後沉沒於黑夜。

的士到沙灘外圍，下車留意警察封鎖線，藍白一條長膠帶，遊客勝地反方向。小路和行家，潛進叢林撥開枝葉，左穿右插，細枝刮破手臂皮膚，劃出血痕，小徑盡處來到一處石灘。早有其他記者先到，躲在林中拍照，招小路三人過去。最大石塊上，一幅黑膠布攤開蓋著，兩個警察看守。屍體開始腐爛，旁邊一個黑色手提袋，懷疑屬死者所有，內有會計考試成績單。警員向上級通話，二十六歲，男，相信死去數天，無可疑，等待仵工運走。記者試探追問，旁敲側擊，資料沒有更多。小路回報館，向採訪主任報告，港聞版面分得一格，簡訊二百字。黑布下的年輕男人，撥開枝葉走到石灘，無人知曉。小路摸摸手臂，刮痕早已結痂，微微突出，不痛。

突發新聞所見，民生日常，基層勞苦，非傷即死，工業、交通意外、自殺、情殺、兇殺，窮人多災，劫難循環。採訪主任重視「追尾」，即追蹤採訪後續。現場記錄完畢，繼續尋找背後故事，層層揭開，千絲萬縷，透出人情糾結。

有一宗北區命案，中年男人伏屍貨櫃場，採訪主任下指示，去採訪家人。小路和攝影記者，抵達一個屋邨，乘電梯上樓，攝影記者站電梯門外，看小路走往一戶，按門鈴，小姐姐來應門，小路瞥見客廳有個小弟弟。小路道明來意，出示記者證。小姐姐猶豫一會，小路說不要怕，記者是來幫你，小姐姐打開門，讓小路進去，客廳布置簡單，沙發電視櫃顯舊，小弟弟六歲，伏矮桌上寫功課，小姐姐十歲，說母親去認屍，小路問了大概家庭背景，起身離開。「記者姐姐，幫我。」小姐姐輕聲說，小路抄下電話，說回頭找社工幫忙。小路轉身離去，感覺背後一雙眼睛焦灼，灼穿她的背，烙進心房，她垂下頭一直走，走廊好長好長。攝影記者問小路，「問了沒有，可以進去拍照嗎。」「只有兩個小孩在家，不拍了。」「有大頭照嗎？」「沒有，警察在現場找到身份證，駁相吧。」小路跟採訪主任說明，打電話去別家報館，借來相關新聞圖片刊登。又問，有沒有社工，想轉介幫忙死者一家。截稿後，小路坐著發呆，採訪主任問究竟，小路說，有點無力。採訪主任說，「葉小路，你要做什麼？幫他們申請綜援，申請補助？逐個幫？幫得了幾多？」工廠大廈編輯室，午夜如白日，中央冷氣強勁，披外套仍是冷。

追新聞壓力成習，一段日子過去，脾氣暴躁，焦急疾走，休息日補眠，醒來已過午。小路和唐尼難得約會，每次見面都吵架。有晚下班，約在銅鑼灣宵夜，唐尼襯衣西褲，小路T恤牛仔褲，茶餐廳卡座對坐。小路情緒繃緊，樣樣看不順眼，苦水吐出，怨言爆發。唐尼說，保持距離，看大圖畫，不要太理想主義。小路說，這樣太現實，你不是愛薩耶哲雷，人文關懷哲人風範。唐尼說，電影是電影，生活是生活。如果不能在生活裡實踐信念，生活所為何事，小路黑面。別以為可改變世界，唐尼攤手。二人沉默，小路喝檸檬茶，把檸檬篤又篤。別吵了，做你喜歡的事就好，唐尼說。你不明白我，小路說。不歡而散，各自歸家。

跑突發新聞，社會暗角走遍，情緒大起大落，職業亢奮，或變得麻木，她兩樣都不想要。

司機小康開車，趁採訪空檔，載小路去筲箕灣半山，停在一個居屋地盤前。地基打好，大廈蓋到一半，筆直向上。小康半生努力，終於抽到居屋，指著所選單位座向，背山面海，遠遠一點藍，是海。他轉過幾份工，報館司機工作稱心如意，打算做到退休，「我讀得書少，都做到半個新聞從業員，仲想點。」小康摸頭燦笑，小路點頭，恭喜他。兩年後，小路已轉到另一家報館，附近一座殯儀館，街角遇見舊同事，原來剛去完小康喪禮，說是肝癌。小路轉職後，沒和舊同事聯絡。小路想起，等待採訪之間，漫長空檔，小康常喊累，有時躺在車內小睡。筲箕灣半山居屋，小康是否趕得及入伙，窗戶看得見海沒有。

07

突發組做了半年，小路調組，主要採訪回歸新聞，倒數尚餘半年。先是逐步移走殖民權力標誌，抹去帝國痕跡，皇家兩字拿掉，一百五十六年殖民管治，來到最後一章。

什麼都是「最後」，搭配千禧末日啟示，狂歡氣息迷離，歌舞昇平遍地風流。樓市衝上高峰，股市大時代，離開的趕收行李，回流的想見證「歷史時刻」。海外傳媒設駐點，數以千計外地記者蜂擁而至，殖民結束，兩國和平移交主權，史無前例。美國CNN名記者米高，北征南伐戰績輝煌，訪問別人同時接受訪問，他對小路說：「一九八九年我在場，一九九七年我在場，一個記者最重要的特質，就是在場。」

末代港督「肥彭」，攜妻女居港督府，帝國派遣，六百萬人之上。中環花園道、上亞厘畢道、己連拿利山坡，民稱「政府山」，殖民地行政心臟，前望維多利亞港，旁有域多利軍營，後有動植物公園，下有聖約翰座堂，政教軍藝盡收眼底。上亞厘畢道港督府，英式建築之首，建築風格混雜，歷任港督先後改建擴建，二戰期間日佔三年零八個月，日人加建日式塔樓，和洋合一。每年春天，大門打開，市民參觀，園中賞花。最後開放日，花園熱鬧景點，杜鵑花開，玫瑰盛放，遊人老幼如鯽，拍照留念。

小路府內遊逛，花園遇花王，小路讚賞種花好手藝，相約擇日採訪，花王見是惜花知音人，開懷答應，約在港督府側門。舊主人將退，新主人未上場，過渡空間，自由來去。花王依時現身，引路往員工宿舍，平房小套間拿出相簿，舊事逐一說。幾任港督，各有喜好，唯一共通，對工人友善，不曾苛待。花王思緒飄遠，記得港督尤德，北京公幹心臟病發猝逝，遺體運回香港，港督府辦喪事，「氣氛好莊嚴哀傷，同事都穿黑衣，個個哭了。」花開花落，花王淡然，「我就想，生榮死哀，就是這樣吧。」尤德夫人心繫故人，回英國仍寫聖誕卡，問候員工近況。「你對人好，人對你好，好簡單啫。」回歸後，港督府易名禮賓府，花王退休，未有著落，退休金省著吃，或許「返鄉下」，鄉下何方，在廣東小城。

港督最後出巡，鬧市餅店吃蛋撻，涼茶店喝廿四味，市民爭相握手拍照，店主剪下報紙圖片，隆重過膠，「肥彭」滋味吃相貼滿牆，招徠顧客。民間也有異議，時事評論員批評西方政客熱衷做騷，握手食撻是姿勢，講多過做，明天會否更好，港人自求多福。許多年後，浮靡散盡，盛極成哀，人走茶涼。老店裝修剝落，過膠照蒙塵，關門結業不在少數。

五月法國康城影展，王大導《春光乍洩》，得最佳導演，史上香港導演第一名，眼神藏墨鏡後，蔚藍海岸輕揚手中獎狀。前一年，風之后珊珊，阿特蘭大奧運會首奪風帆金牌，長洲之光，一句「香港運動員不是垃圾」，全城沸騰，臘鴨上桌。如同煙花匯演，最後一擊，連環發放，至豔至美，過分奪目。賴士利梁東尼，飾演一對同志戀人，阿根廷愛恨交纏，伊瓜蘇瀑布留遺憾。香港戲院上映，唐尼約小路，幾次約不成，唐尼等不了，自己先看。四月國際電影節買了票，兩個人一場也沒看到。小路休息日，獨自去看。黑漆影院大廳，觀眾疏落，瀑布水花流在黎耀輝臉上，也流到她臉上，淚不知為誰流。布宜諾斯艾利斯的探戈，不是《阿飛正傳》對鏡獨舞，一個人無法跳。Happy Together。

不如我們從頭來過。

六月，恍恍惚惚，改朝換代形式先行。女皇中學，校徽皇冠圖案消失，禮堂英女皇像卸下。皇后像廣場，維多利亞公園，英皇書院，皇仁書院，皇后大道中，太子道，名字保留。退役英軍，留港老兵，家鄉模樣不辨，未識歸途，華籍英兵不在撤退名單，解散後隱沒人間，中年轉業養妻活兒。

港督府門外，記者聚集，等候港督出門赴宴。一個中年男人揹著背囊，短襯衣長褲布鞋，風塵僕僕的樣子，走近府前警崗，探問當值警員，如何申請政治庇護。他說普通話，北方南下，走了很長的路。警員和同僚對望，不知所以，廣東話回答，「政治庇護？呢度沒有的。」「請告訴我，要去哪裡。我走了很遠的路來。」警員耍手擰頭，「不知道，總之不是呢度。」男人站在那兒，望望警員，望望記者，表情惆悵。人群裡出現微弱聲音，「去花園道美國領事館問問。」男人應聲回頭，問花園道在哪裡？小路聽不清對話，只見那男人拉拉背囊，挺了一下胸膛，轉身走遠，直至背影看不見。

灣仔港口填海，會議展覽中心擴建新翼，飛鳥展翅。移交儀式籌辦，新聞採訪中心記者雲集，電視台全日直播，小路重遇羅拔，互道工作近況。羅拔負責早晨時段直播，西裝外套顯老成，「平衡報道」到位，訪問新界居民代表熱烈慶祝「回歸祖國」，「終結殖民統治」，五星紅旗急不及待掛起。

同一時空，對一些人是結束，對另一些人是開始。

大不列顛尼亞號抵港，碼頭停泊，開放接待傳媒。小路登記預約，和攝影記者上船遊覽。皇家遊艇從前兩度來臨，分別接載女皇和菲臘親王到訪，今趟國家任務，六月三十晚負責接載查理斯王子和港督離開，象徵到底，沿襲英國人當年循海路登陸方式，海裡來，海裡走。米字旗船頭飄揚，英軍人員白衣白褲，講解海上宮殿特色，船艙皇家藍色主調布置，裝飾格外平實，貴氣深埋於細節，起居室偏廳飯廳配備齊全，亦設宴會廳，可舉行大小宴會，款待重要賓客。皇家臥室隱密，閒人止步。船大沉穩，小路甲板前後走動，海風吹進眼簾，望向岸上繁華，殖民者視線投射，殖民者論述，八方通用，英國人上岸時，這裡只是人煙稀少漁村，英治下幻變成東方最璀璨一顆明珠，國際都會金融中心貿易港。前塵往事簡單講，一個奇蹟。

告別之日，終於到來。下午，港督偕妻女乘車離開港督府，車子花園繞行三圈，寄意他日重臨。晚上添馬艦旁，英軍日落告別儀式，大雨滂沱。午夜，灣仔會展交接典禮，米字旗降下，五星紅旗升起。倒數歸零，殖民地換成特區。

小路駐守碼頭，採訪送船一刻。查理斯王子登上大不列顛尼亞號，港督跟隨，回頭向岸上群眾揮手。甲板上港督三千金花樣年華，美麗臉龐掛淚珠，眼睛通紅。時間到了，皇家遊艇起錨，緩緩離岸，駛出海港。這時大批市民推倒鐵欄，不顧儀態，奔跑到碼頭邊上，或揮手或掩臉，哭聲夾著喊叫，離愁有了畫面。

小路電話打回報館，報告所見所聞，最後一夜，惘然收筆。街上一片寂靜，派對過後，瞬間清場。報館同事北區邊境採訪，傳呼機傳來訊息，解放軍入城了。雨愈下愈大。

一覺醒來，五十年倒數計時啟動，二〇四六為限。

第三章

01

回歸之後，世紀末，小路在另一家報館副刊，寫人物故事和文化專題，不再天天趕新聞死線。千禧前夕，拋下一切，去英國留學。東涌赤鱲角機場，簇新客運大樓，設計出自英國建築師福斯特，封號男爵。玻璃幕牆通透敞亮，跑道一望無際，無人駕駛列車通往登機閘口，空間自帶科幻感，時間向前奔流，抖落過去，駛向未來。啟德機場關閉，大鐵鳥斜飛樓房上空的尋常畫面，變成懷舊明信片。清晨希斯路機場，小路推著行李，步履輕快，涼風拂臉，沒有重量，彷彿可以重新開始。

大學同學嘉嘉，駐倫敦通訊社，約小路唐人街旺記接風。嘉嘉看看小路，畢業幾年沒見，打扮還像個大學生，又說前一年唐尼才來過，提起小路，「他說你太執著，老想不開。」

侍應走來，粗魯地拋下兩碟碟頭飯，一碟叉燒乾柴柴，一碟燒鴨油雞雙併又黑又油。小路不明白，大老遠來倫敦，為何還要吃這些。「這是醫治鄉愁呀。我久不久都要來，給侍應用廣東話喝罵也很舒服。」嘉嘉夾起叉燒，送進口裡，紅色唇彩油亮。

鄉愁，換算過來，是時間的距離。和唐尼分開，亡命小巴上緊牽的兩手，終究鬆開了，小路記憶斷片，沉溺日劇，《悠長假期》過後是《戀愛世紀》，瀨名和小南，哲平和理子，留住美好，選擇相信，戲劇不能治癒的痛，木村拓哉可以，亞洲萬人迷，一個口紅廣告也銷魂。「低潮期就當作一個長假吧，然後……然後就會好起來的。」

寶兒加拿大回流，國際名牌公司上班，周末約小路銅鑼灣逛街。三越門外，遇見唐尼，旁邊一個女孩短髮短裙，挽著唐尼臂彎。唐尼說好久不見，不敢直看小路。小路無話，靜待他們走遠。寶兒問小路，小路說沒事，視線模糊。一分鐘反過來，竟是周星星的一萬年。

過去無法重來，遙遠山上，蒙上濾鏡，原是海市蜃樓。

小路住處安頓，周可怡來找，一同去特拉法加廣場，看日全蝕，說是本世紀最後一次，有今生沒來世。正午之時，月球在地球和太陽之間，三球成直線，黑輪蔽日，群鳥亂飛，貓狗蹦跳吠叫，萬里無雲，不安籠罩。報章隨報派送特製眼鏡，小販售賣觀日裝置，倫敦人各出奇謀，用盡方法觀天，拍攝留痕。一輪黑日，倒影廣場中央噴水池，一線光逐漸變黑，終至完全覆蓋。白日午夜，萬物靜止。人生在世，當下確鑿感覺地心吸力，地球繞行宇宙軌道，別無他途。末日號角響起，審判降臨，有罪無罪，都得承受命運給予的試煉。黑布揭起，太陽再度露臉，光照大地，鴿子回來，地上覓食，犬隻沉靜，躺伏喘息，行人回復躁動，重新做人。

周可怡大學改念戲劇，跟爸爸多番爭持，父女一度冷戰。情緒困擾，學校轉介心理輔導，幾次會面傾談，她認清內心，堅持續寫自己的劇本。寫長信給爸爸解釋，但求心安。大學畢業典禮，爸爸媽媽飛來參加，算是和解，團了一個圓。她加入倫敦一家小劇團，有時到鄉鎮巡迴，舉辦兒童工作坊。男朋友羅南，劇團導演，北愛爾蘭貝爾法斯特人。兩人同住在倫敦東區，利物浦街附近，紅磚巷一幢倉庫分層，鄰居是孟加拉移民，文化混雜，街區髒亂。周可怡和羅南白天打零工，晚上排練。

小路去看他們，找不到入口，街角酒吧前等周可怡來接，酒吧客人似喝醉，出言調戲，小路避開，周可怡剛到，大喝一聲罵過去，醉酒男人退走。周可怡說，最怕是喝醉的球迷，以後遇到，直接罵回去就是。她們穿過大街，從後門鑽進去小劇場。小空間坐滿觀眾，燈光昏暗，圍著台前一盞燈，這場讀劇演出，羅南的劇本，講他在貝爾法斯特的童年。羅南說，每一個人，只要經歷過戰爭，嘗過炮彈落在餐桌上，就會對和平不惜一切。他來倫敦上高中，同學問他，貝爾法斯特，除了炮彈和仇恨，還有什麼，他想說，還有信仰和愛，但北愛爾蘭深受族群撕裂內戰所傷，創傷後遺嚴重，童年好友自殺。悲劇，源自荒謬和執念。關於幸福，他沒有答案。身份、國族，是人為的構造，像手上的護照，不能代表他這個人。他讀出自殺好友的遺書，一首沒有寫完的安魂曲，好友回憶中現身，當人人都離開，他想留下，不願離開貝爾法斯特，渴望就地得到自由。羅南低頭，哽咽，僅僅活著，說出自己的故事，就需要勇氣。劇終，周可怡上前，拍拍他的肩。觀眾站起來，圍著圈子討論，往錢箱投進鈔票，資助未來的演出。周可怡說，他們沒錢，但快樂。「我們尚年輕，還可忍受貧窮，只要創作，做喜歡的事，我還想念戲劇教育。」

小路想看海，周可怡請假陪她去布萊頓，維多利亞火車站出發南下，一小時後，到達海邊小城。夏季已過，碎石沙灘遊人疏落，木板棧道伸延出去，碼頭一座皇宮樂園，時光凝固，簡單機動遊戲、彈珠機閒置，商店掛出火箭、煙花等玩具，妝點渡假氣氛。天色灰濛，海鷗飛翔，海風吹得人頭疼。小路後悔沒帶來帽子，隨手把圍巾罩上頭頂擋風，和周可怡風中散步，吹散憂愁。

02

何敏結婚，電郵寫來，問小路會否回港參加她的婚禮，小路回覆課業太忙走不開，到哈羅氏挑了一份禮物寄去，賀卡上寫，「祝你幸福，直到永遠」。

何敏的丈夫，小路見過一次。尖沙咀美麗華地庫酒吧，男人穿老正西裝，銀行上班，話不多，看來老實。「這是西門，這是小路。」何敏晃晃手上的紅酒，示意兩人。何敏弟弟去世快一年，她無酒不歡。

何敏弟弟十九歲，自殺的原因，何敏想來想去，無法理解，他怎能從鄰座大廈後樓梯的窗口跳下去。那個窗口，何敏和媽媽去看過，小得連一個女孩也很難鑽過去，何況是弟弟這樣壯健的高個子。她們懷疑是謀殺，去報警，警察答應開檔案查究，一段日子後回說沒有可疑，然後不了了之，負責探員還換了人。何敏愈想愈不忿，開始抑鬱，跟攝影師男友分了手，工作也不太做得下去。

「他太冷血，我弟自殺，他連認屍也不陪我去，好像無關痛癢。」何敏有點恨。

「總算是看清楚一個人，你差點想嫁給他。」小路說。

何敏弟弟，俊美溫柔的弟弟。大學某夜，小路和唐尼在淺水灣玩夜了，喝醉不敢回家。唐尼把小路送到何敏家中，弟弟讓出下格床，跑去客廳睡沙發。第二天醒來，何敏拿出她的家族相簿，展示兩姐弟成長片段，沒有爸爸，只有美麗的媽媽。生活不算富足，但何敏從小就學舞學琴，像個小公主，媽媽心願，女兒不走她的舊路。照片裡，何敏和弟弟笑容燦爛，乾淨體面。

深淵掙扎，何敏生不如死。沒法呼吸，無法出門，一根繩索放在床邊，日夜思索著尋死，勾上窗戶套上頸項，一切就可完結。她把紅酒灌下，麻醉知覺，無力前行，閃念之間，想到媽媽。失去了兒子，假若再失去女兒，餘生如何過。

何敏說著，半途停頓，喝一口紅酒，點一根煙，哭完又苦笑。西門撫撫她的背，摟摟她的肩，眼鏡反光看著小路。拍拖半年，他已向何敏求婚。

發光的日子，金光閃閃，走路有風。深淵有毒，沾滿酸臭，病人病毒附身，常人保持距離，爭相走避，怕給拉進黑洞，同歸於盡。

何敏畢業後，換了幾份工作，都和形象相關。最早在一份潮流周刊，做時裝編輯，介紹最新時裝和美容資訊，經常出席酒店舉行的發布會。人家看她穿戴漂亮，以為她賺錢買花戴，她有苦自己知。發布會免費酒水招待，她不和同行打交道，就喝酒。雜誌每星期幾版造型照，她找來模特兒在公司影樓拍攝，問各大品牌借衣服借飾物，自行配搭包裝，有時還要出動私伙配飾，東奔西跑，簡直搬運女工。上司阿姐叫她多看歐美日雜誌，參考複製移形換影。何敏不甘倒模，大膽設計背景妝容，嘗試實驗風格拍攝，阿姐看到初印，甩手一丟，「影的衣服什麼也看不到，叫我怎向客戶交代呀。」重新揀相排印，商業潮流穩穩當當。

辦公室人際關係複雜微妙，何敏難拿捏，跟同事始終處不來，女的背後講是非說她恃靚行兇，男的說她眼角高諸多不屑。拚搏出色，阿姐怕她功高蓋主，踏實默默做，又嫌她不夠鬥心。一個小部門，搞得像宮廷連續劇。

有次去香水採訪活動，認識一唱片公司高層。高層欣賞何敏，找她替快出道的女歌手做形象設計，她馬上辭職，同事也沒歡送。

女歌手二十歲，頗有個性，何敏初見她，覺得適合烈女形象，但唱片公司打算捧做新玉女接班人，嫌何敏找來的服飾太性感太黑。何敏帶女歌手去名店選衣服，看中一套白色禮服，售貨員說已經給某當紅歌手訂了，推薦另一套粉紅色，何敏看看沒什麼特色，乾脆作罷。接著，陪女歌手做髮型試妝，經理人也在，何敏提議長髮剪短，經理人否決，拿出玉女掌門人的照片，叫化妝師依樣畫葫蘆，走清純風。女歌手扁扁嘴，說喜歡何敏姐的idea，朝何敏拋去信任的眼神。何敏做了三個月，唱片公司高層找她說，經理人要求換形象設計，以後有機會再合作吧。走出高層房間，何敏經過宣傳部，看到女歌手宣傳照剛貼出，白衣白裙劉海長直髮，洋娃娃一樣的公主妝，配宣傳句子：初戀的感覺。何敏把照片撕下來，揉成一團，丟進垃圾桶。後來，女歌手沒有出道，直接跟唱片公司解約，隨家人移民外國。

曾合作過的攝影師，在一家剛開業的形象顧問公司打工，介紹何敏來共事。老闆是前玉女明星，事業高峰退出演藝圈，和男友合夥。創業宗旨堂皇美麗：要令每個女人找到真實的自己，呈現最美的自己。何敏以為終可發揮所長，十分投入，主動加班。女老闆野心勃勃，香港未站穩陣腳，同步進軍大馬市場，不巧逢上金融風暴席捲亞洲，各行業市況低迷。扮靚市場，美容護膚減肥回春方是主流，憑著明星光環招徠，最初吸引大批好奇顧客上門，場面撐持不了多久，營業額下滑，赤裸裸現實不騙人，公司轉型變陣，員工相繼離去。工作環境失序，上司動不動破口大罵，何敏受不了，愈做下去愈感不對勁，心力交瘁，看不見前景。

「那些都是假的，形象什麼的。」離開時尚圈，何敏指著那些周刊報道，慼慼眉頭。記者訪問前玉女，行文尖銳諷刺，留意到她脫離明星生活後，穿辦公室女郎套裝配高跟鞋，連鞋底所貼價錢牌也無暇撕去。沒有點破的是，生活很不容易，眾生浮沉，只為生存。

03

小路寫碩士論文，指導教授是白人出櫃同志，熱衷和學生交流。看畢小路幾個篇章，單座沙發裡坐直身子，句子慢慢吐出，「不是冒犯，說真的，你的文章甚至寫得比英國學生還要好。」教授用字愈小心翼翼，小路愈看得見界線，橫亙在她和他們之間，再好都不是，「很像但不是」。（她何曾想要成為他們。）教授是性取向小眾，也受壓迫，知識給他力量，識破權力運作結構，他警惕日常言行，在種族、膚色、文化領域，沒有自然流露的中心優越感。

系裡一個白人女教授，排擠亞洲學生，課堂討論明嘲暗諷，馬來西亞同學艾西氣得退選她的課，向教務處投訴歧視，其他亞洲同學若無其事。艾西期末成績優異，女教授姿態翻轉，走去恭喜他，傲慢與偏見作祟，種族只是一面旗幟，實質精英優生學上腦，勢利白鴿眼。

千禧蟲危機跨過，日思夜恐的電腦系統災難，最終沒有出現。恐慌到盡頭，反催生極樂，互聯網創世紀，萬民瘋狂信仰，科網潮崛起。

小路進修歸來，前路未定，時差待調，尖沙咀街頭偶遇前上司，叫她回巢做新版面，升職加薪，她做生不如做熟，邊走邊看。新媒體紛成立，高薪挖角，資深記者個個轉職。新媒體定位內容供應商，架設門戶網站註冊域名，加個dot com，就是新興產業，新人類新時代。網站分層分類，針對不同社群，女人世界，男人樂園，娛樂宇宙，明日報章，告別紙張，虛擬漫遊。兵馬未動，糧草先行。華爾街、中環、新加坡各地金融中心，創投資金供應源源不絕，上市公司地產本業，不想落伍，加碼投入，一個意念，燒錢燎原，愈火愈紅。

科技才俊衝浪，自以為在浪尖，要改變世界。互聯網，其實就是network，聯誼搭橋鋪路，蜘蛛結網，識人好過識字。科網公司集結組成聯盟，亞太區一體，台灣、新馬泰辦活動，三日兩夜，廣發英雄帖，論壇連場，交際互換名片。

場內人才濟濟，英語主場，ＡＢＣ、ＢＢＣ、ＣＢＣ本體，英美加澳出生長大，廣東話、國語口音不純，快速切換，多語夾雜。男多女少，美女公關貼身長褲或短裙，男的盯著電腦屏幕，眼看手不敢動，心如鹿撞。小路舊同事仙迪，嗅到商機，創業開辦約會公司，配對速成，撮合ＩＴ佳偶。

新世紀激情煥發，荷爾蒙旺盛，創意不停孕育。創投公司不斷注資，錢從哪裡來，富二代、富三代，急於證明自己，父輩不懂的，他們懂。父後世界，重訂遊戲規則，大衛打敗巨人。創意新人類，輟學成才，編寫程式，自創傳說。形象改換，西裝領帶留給銀行家，全天候Ｔ恤牛仔褲，衣著重複最省時，說好一個故事，舉世膜拜。

初生犢不怕虎。網絡，成為推倒舊世代的秘密武器。掌握網絡，等同奪權，資訊民主，話語權力分散，平庸時代，人人都是自己的主人，英雄無名。年輕是優勢，但賞味有期限，過了三十就老了，市場自然淘汰。新貴變老，及早賣盤上岸，效法矽谷同業，轉型慈善家，解甲歸田，提倡心靈健康。仍爭風逐浪，恐狼狽收場，臨老失節。

網絡之神不是假象，終歸實現，神的國臨到人間，只是時間不對，早了十年。先行者率先陣亡。

爆破前夕，不無預兆。高級食肆夜店走一圈，魚翅鮑魚龍蝦魚子醬手拉手，紅酒威士忌干邑瓶接瓶，夜總會美女如雲輪流過枱。泡沫又圓又大，隨風蕩漾，飛越夜空，城市之子仰頭追逐。「啵」一聲，微小，輕輕，夢醒時分。繼而「砰嘭」，墮地聲響，人形寫血字。現實卒炸開破洞，股樓齊跌，滿城盡是負資產，失業業主無力還貸，賣樓甩身，發現還欠下銀行幾百萬，壓力爆煲，燒炭跳樓新聞天天上報。

內容供應商，內容天天供應，計劃書寫business model，商業模式，無跡可循。什麼模式，有錢賺就是一個模式，沒錢賺只是一條毛，可有可無，消失也不可惜。傳統舊公司轉型，只要加個域名，浪去還留下產業。科網新人萬事空，浪退不留痕。小路後來搜尋，當年新貴，幾乎全軍覆沒，域名消失，人去無蹤。留下來的，僅網絡金童幾人，成功衝浪，捱過險境，前輩身份論壇傳授經驗，小路認得其中一人，維也納學古典音樂，書香世家，外祖父民國當官編字典。祖上庇蔭，不在話下。

04

大疫凶年，沙士攻城，黑暗無底，四月一日，無雀鳥落地，賴士利殞落。一年未終，大姐大阿尼塔癌逝，天上星星多一顆。影迷心碎，夢回片場，以為他只是搭火車去找南洋那片綠，以為她只是去找她的十二少。

疫後復市，香港商人蠢蠢欲動，德輔道中中國會擺飯局，邀傳媒人文化人出席，吸人脈鋪排場。一場飯局由公關卡露統籌，卡露是財經版記者，金融風暴後轉行，拚搏幾年，已是公關業阿姐。她致電找小路，說新舊朋友也在，難得相聚聊聊。同席有趙之任，報社從前副刊主任，如今已北上發展，定期回港，實行多城生活。另有阿祖，雜誌出版人，久聞其名。阿凡乃初識，雜誌主編，和趙之任同一集團，精於吃喝，飯局必見。其他食客是財經版記者和編輯，卡露舊同事。飯局主人何先生，家族本業是製衣業，東莞設廠美國品牌代工，最近想要轉型，投資文化事業，打算在上海開設現代藝術館。何先生看中上海一舊區地標建築，和市政府傾談批出經營權，把那區改成文化園，帶動附近舊區復活。他滿盤大計，胸有成竹，滔滔不絕，其他人你看我看你，大多喝茶，不作聲。卡露見何先生稍頓，著他先喝口茶，現在大家認識了，以後交流機會多的是，又叫大家別只看不動筷。何先生意會，忙住嘴，是的是的，再安排訪問團請大家上去玩，傳媒朋友要捧場。阿凡說，前一晚飯局吃多了，想要解解膩，叫了一碗白粥。吃了一匙，他發表偉論，白粥好像很容易，其實一碗靚粥，好米好火候好功夫，大有學問。何先生聽了，哈哈大笑，中國會珍饈百味名菜多多，沒想到一碗白粥已不同凡響，果然是文化人口味。眾人陪著笑，趙之任提起上海外灘的市容整頓工程，一桌人不著邊際聊下去。到午宴尾聲，何先生有事先離去，卡露打點餘下宴席，又加點了甜品，說知道大家工作忙，不阻大家時間，爽快結帳散席。

趙之任、阿祖、阿凡和小路，電梯坐到樓下，阿凡說，一起去蛇竇喝杯奶茶。你竟還吃得下，阿祖驚訝。不過是去吹吹水，我的車泊在停車場，還沒夠鐘，怎樣，去不去，阿凡說完，一個勁兒向前邁步，朝中環半山走。趙之任和阿祖說好，又叫小路同來。威靈頓街樂香園卡座，四個人面對面擠坐，阿凡讓小路坐裡面，一副肥身軀佔了窄長椅大半，先點一杯凍檸茶，又叫了西多士、菠蘿包分著吃。其餘三人只叫了喝的，奶茶和鴛鴦。小路嘴饞，切兩塊西多士叉著吃，牛油混蜜糖滴到桌上，她急拿紙巾去抹。阿凡說，這些生意人，個個都說搞文化，難道個個都曉搞？趙之任點頭，上面有一套說法，「錢多、人傻、速來」，說的是建築項目多，商機處處，好騙。阿祖笑，一輩子做好一件事就夠。小路十萬個問號，又說什麼舊區翻新，原本住在舊區的人搬去哪裡？什麼文化園，說穿了，不就是地產？只是把香港那套搬上去。阿凡說，什麼香港那套，嗹，依我看，就是九唔搭八，四不像。趙之任說，你要不要調上來做做看。阿凡不應，大啖吸啜檸檬茶，點一根煙抽起來。趙之任和阿祖，也各自拿出口袋裡的煙，一時間，煙圈縈繞上升，飄在半空，小路低頭喝奶茶。一群中環白領推門進來，深色西裝外套脫下，領帶鬆開，熟門熟路，直接往閣樓走。裡面隱蔽無窗，適合小歇，無負「蛇竇」之名。時有巡警大模斯樣進場，三點三下午茶時光，閣樓歎茶。

小路不知道，大學同學梅梅，那時是阿凡女友。梅梅在一家娛樂周刊做編輯，畢業後小路在跑馬地遇過她，她趕著去學車，說男友住西貢村屋，出入不便。阿凡搬到美孚山上不久，和梅梅分手，交了新女友。

阿凡住九華徑，親戚讓出牌照屋，鐵皮搭建，靠山坡面向一條水渠。阿凡找師傅，重新整修加建，客廳伸出平台作騎樓。沿牆種滿炮仗花，春天霹靂開滿，橙紅爆豔，如放鞭炮，喜慶得很。屋前小空地，本長滿雜草，阿凡除草除蟲，闢出小院子，搬來紅磚砌出火爐，模仿意大利石窯火爐，可烤雞烤羊烤薄餅。開爐之日，設家宴，邀好友同樂。阿凡飯局，熱鬧俗氣，來賓多性情中人，酒酣話多無禁忌。以節慶為名，中秋、聖誕、農曆年、復活節，不時不食。阿凡廚房，漸見規模，爐火夠猛，炒菜重鑊氣。他自比格價專家，平民美食頭號推廣員，名酒貴料不是他的菜，平日愛逛便宜超市士多，買新世界紅酒白酒隱世威士忌。全港飲食藏寶圖，他瞭如指掌，美食遍布深水埗、大埔、九龍城、元朗、筲箕灣、西環。外國有米芝蓮給出星星指引，阿凡有阿凡味蕾，飲食文章他有時寫，最好的秘密他收起，獨食難肥，他只和自己友分享。人怕出名豬怕肥，怕客滿為患以後無得吃，也怕店家出了名水準下降。如有新店發掘，他組美食團親嚐，新界圍村盆菜宴，他呼朋喚友包桌。只要講到吃，他神采飛揚，酒肉朋友轉來轉去。

阿凡常說，九華徑名人住客星光熠熠，畫家黃永玉、作家蕭紅等都曾落腳於此，短暫為家，現在他可算是食家，也沾一點光。飯局後半場，黑夜降臨，眾客聚在騎樓，把酒觀星，對面山頭輪廓隱現，夜幕遮去大水渠的管子，水聲潺潺恍如山澗溪水。阿凡夢想，早日退休，覓地建屋，平民家宴發揚光大。

05

何敏結婚後，和丈夫搬去大嶼山愉景灣。離島中產社區，地產商全盤規劃，自成一國，低密度住宅群，背山面海，道路無車，住客多外籍人士，西洋生活風情畫，像溫室培植的樣本，一小時船程可抵中環。

何敏養兩隻貓，一黃一白，黃的叫小金，白的叫小白。自稱貓奴，寵貓勝人，有機貓糧，冷氣長開，定期帶去寵物美容。小金小白極黏主人，何敏打電話，貓在腳邊喵喵叫，非得她把話筒放下不可，抱貓陪玩一番。

丈夫銀行工作穩定，收入無虞，何敏不再上班，家務有鐘點工人打理，三餐常外食，她怕油煙，偶爾下廚，只在重要日子，如結婚紀念日。遠離時尚業，對時裝興趣大減，每季上網買幾款新衣，不上班不用見人，舊衣配搭穿不完。照顧貓兒以外，剩下來的時間，她追尋自己，寄託心神。一陣子沉迷手作，穿膠珠、刺繡、皮革，甚至金工，每星期坐船出中環，或去深水埗買材料。她有美藝天份，每樣都做得似模似樣。金工時期，更把家中一個房間改做打金房，埋首敲敲打打，打銀打金，自己造飾物。有次用火槍焊接金鏈子，不知是火勢太猛還是酒精搶火，「篷」一下，火舌失控，差點燒掉眉毛。

大學同學電郵聯絡小組裡，她貼出意外現場照片，其他人大驚，叫她注意工業安全，最好戴上防護鏡。

畢業後，幾個相熟同學，由搞手阿芝拉攏，積極定期聚會，形成小圈子。集體電郵阿芝發出，小組成員有黎素美、蓮娜、何敏和小路。大學時代，她們算不上最親密，離校各散東西，藉舊同學關係網，聚會多了，同窗情誼慢慢滋養，才變得比較深厚。阿芝基督徒，善於組織，集合同學，像教會的細胞小組，情感支援，關懷備至。別的舊同學圈子，不久也通消息，阿芝呼召全體同學，回校參加校慶，成果斐然，如果系裡成立alumni校友會，阿芝鐵定當選主席。不過，同學們我行我素，對熱絡的集體活動，始終不夠熱衷。小路有時缺席不去，何敏反交際，定期自動關機，不理人。集體電郵小組，查一查就跑出連串訊息，一人回覆一句，讀不完。

搶火小意外，沒有打擊何敏打金的熱情，之前各種手作實驗，她總不持久，稍有點成績就放棄，唯有打金，算是堅持下來。她愈造愈喜歡，設計獨特花樣，手工製作多款首飾，曾送給小路一對耳飾。鍍金耳飾造形前衛，一長一短，短的勾在耳殼，長的墜子垂在頸側，搖曳起風。小路戴上出席派對，每個人見到都讚美，問在哪裡買，她說朋友親手造的。過後告訴何敏，鼓勵她繼續創作，她隨便應對，不太在乎。

何敏想去外地修讀設計，回來做工藝家，上網找海外課程資料，不是嫌學費貴，就是覺得太商業，舊同事向她推薦巴黎的專業金匠工作坊，她不想再學外語。香港報名一個半科班課程，讀了一會退出，怨課程不符她的期望，導師水平不夠，同學話不投機，只重成效不重藝術。

留在家中，不上班不生孩子，世人觀念，「不事生產」罪大惡極，丈夫母親有微言，婆媳關係繃緊。何敏乾脆避而不見，西門護妻，順著她的心意，盡量依從她的喜好去過日子。蓮娜就說，何敏事事挑剔，還好嫁了個「順德人」老公。

何敏抑鬱狀況反覆，時好時壞，找黎素美傾訴。黎素美碩士改念心理學，政府機構當心理輔導員，職業慣性，不便開導朋友，介紹她看私人執業的心理治療師，解開心結。黎素美提醒，心理治療時間需時，因人而異，何敏要有耐性。何敏第一次會面，三言兩語，治療師提問，她反應不適，拒絕深談，奪門而出。接二連三，治療師換過，男的不行，換女的試試，總沒法打開她的心。

憂鬱漩渦擴大，把她捲進去，失眠愈來愈嚴重，床上翻側到清晨勉強睡去，小金小白抓門狂叫，她起來換貓砂餵食，如在夢遊。西門早上出門，何敏怕打擾他睡眠，乾脆分房睡。睡不著，網上漫遊，幻覺閃出，弟弟墮下身影，童年遭男人摸胸，惡魔籠罩。打金房工作桌鋪滿塵埃，金的葉子銀的戒指，擱在工具旁，等待打磨成形，吹入氣息，器物轉生。黎素美勸何敏，再這樣下去，要看精神科醫生，先用藥控制病情。何敏聽不進，電郵小組來信不回應，沉入訊息海底。「你沒法救一個拒絕被救的人。」黎素美寫報告一樣總結。

何敏生日，小路提前去離島找她慶祝，帶上一個布偶，「何敏，祝你快樂。」何敏眉頭一揚，淡然說，從前非常年輕，以為快樂最重要，現在我只想得到平靜，真正的平靜。小路識相住口，接下來晚飯，何敏選的意大利餐廳。開了一瓶白酒，何敏開始數落媽媽，童年陰影纏繞，沒有從大人那裡得到足夠保護，咬牙切齒，怨氣沖天。弟弟去世後，母女愛來恨去，低谷徘徊。何敏婚後不聯絡，反而是西門提議，想邀岳母來新居短住。

小路叉子捲起意粉，正要放進嘴裡，忍不住放下，望著何敏，「你的媽媽已經很努力，她也很愛你……」，後半句「現在她只剩下你」還沒說出，瞬間氣場改變，烏雲密布，何敏反眼黑面，不再碰桌上的食物，只喝白酒。小路碰了壁，感到自討沒趣，搜尋句子，腦海浮現出「寬恕」，想叫她學習理解媽媽的困境。

人與人之間，若然不曾經歷同樣的痛苦，難言互相理解。所有自以為出自善意的話語，當事人聽來，都像鹽灑傷口、刀割舊創，地獄怒火熊熊，靈魂受難，語言無力，安慰無用。任何表達皆膚淺，心靈雞湯未經深思，比誤解更糟。何敏聽得太多，複述一些現成的概念，想當然的救贖，連他們自己也不大相信的事情，通過輕易的口吻傳達出來。對她來說，「寬恕」不是選擇，不是面前一碟菜，人可以決定吃，或不吃。就如愛或不愛，不是大多數普通人所想，人作得了主。

一頓飯無話，何敏和小路愛提拉米蘇，卻沒有叫來甜品。小路付帳離去，何敏不送到碼頭，一個轉身，向另一方向走，融進夜色深處。噴射船船速飛快，劈開海面滾起波浪，船艙上層小路倚窗看海，顯得傷感，亦有點氣惱，決定往後不再主動找何敏，做朋友犯不著如此委屈，自招怨恨。船駛近中環，不夜城燈光閃爍，把小路拉回目前，她知道，兩個人已不在同一條頻道，對話接不上，硬是連結，徒傷人傷己。

06

城市細小，假期一到，香港人奔衝外遊，近則大船過澳門，飛機短程東南亞、東京、台北，無時差後花園，玩樂第二個家。阿凡首選泰國，便宜花費住六星酒店做皇帝，海邊放空。趙之任愛東京，四季準時報到，春櫻夏祭秋楓冬雪。小路偏好歐美，長途機一睡到底，醒來新天新地。三人行程錯開，一個長周末，難得台北聚首。

阿凡參加法國奢華名牌台北發布會，多留兩天過周末，小路出席研究院台灣同學烏來婚禮，ＭＳＮ近況欄貼外遊日期，阿凡發現剛好重疊，敲她問住宿，小路說旅遊組同事介紹，一家新開旅館在西門町，阿凡得悉有優惠，馬上要她代訂一間雙人房，喚趙之任從上海飛來加入。趙之任久未去台北，樂得有人代為安排行程，欣然赴會。九十年代，楊德昌一套《牯嶺街少年殺人事件》，香港文化青年個個變身戒嚴時代少年，白衣布褲布鞋。書包大王，黑色帆布書包一個，縫有名牌寫名字班級，裝扮配件必備。台灣人出生世代，以年級分野，阿凡趙之任五年級，小路六年級。

星期六下午，西門町旅館會合，趙之任飛機剛下，隨身背囊往房間一拋，他和阿凡住雙人房，小路住旁邊單人房，難得有窗。先往中山北路台北光點，電影院附設一家書店，說，最愛這些平民小店，一個人來，一瓶啤酒，有錢多叫兩碟小菜，沒錢一碗魯肉飯也才四十元，幾個朋友聚餐，叫滿一桌，看著豐盛，「不過是些下欄食物，變著花樣而已」，像他小時候，一家去大牌檔，感覺已是大豪客。馬路暗翳，摩托車馳過，呼嘯聲響提示此處異鄉。西門町在萬華區，舊稱艋舺，頗有油尖旺老區風情。騎樓光影掩映，頃刻疑是上海街。

第二天旅館吃過早餐，捷運坐到尾是淡水，沿淡水老街走，阿凡說買「伴手禮」，逢攤必試食，最後買了阿婆鐵蛋、魚酥和豬肉乾，又坐公車去漁人碼頭，修整漂亮木棧道上散步。阿凡對名勝風景無感，走兩步就要喝咖啡，淡水河畔找了一家咖啡店，喝冰滴咖啡、珍珠奶茶。阿凡說，想像我們是日劇《沙灘男孩》主角，海邊開一家咖啡店，閒時滑浪，趙之任回說，發夢未免太早。小路調侃，首先你們要是反町隆史和竹野內豐，阿凡還擊，你也不是廣末涼子。三人鬧著玩，拍拍照，度過一個下午。回城去東區忠孝東路，阿凡說「走透透」，趙之任笑，不是走九遍嗎。阿凡清清喉嚨，自顧自唱起「一個人走在傍晚七點的台北city」，city餘音刻意拖長，路人聞聲回頭，狀甚吃驚。晚飯吃台菜，阿才的店，小巷老宅，推門內進，人聲嘈雜，布置復古，牆上滿滿舊照舊報掛畫，時光封凝。三人走樓梯上樓，佔據角落小桌，阿凡叫了幾碟熱炒，三杯雞、三杯蝦、蚵仔酥、炒空心菜，味濃開胃，配台灣啤酒，小路喝蘋果西打。隔鄰一群男女圍坐大矮桌，高談闊論講政治，罵總統罵政黨，邊罵邊喝酒，百無禁忌。小路瞄到，食客中有個主角般的男人，甚為眼熟，似是常見報的社運大佬。

飯後直奔仁愛路圓環，二十四小時書店，阿凡買日本設計雜誌，咖啡店坐下，位置正好對著樓梯，他說，半夜最多明星出場，這道樓梯像時裝天橋，上來是全場焦點。書店白日黑夜兩個世界，凌晨時分最精采，人間色相紛陳。

星期一清早，一小時飛機回到香港，阿凡行李不寄艙，下機直接過關入境，還趕得及去公司，中午前和老闆開會。這才是一小時生活圈嘛，阿凡對趙之任說，手指空中劃圓圈。

城市汰舊換新，中環天星碼頭拆了，又輪到皇后碼頭。有些保育人士，連日佔據碼頭抗爭，誓言留守到最後，兩幅橫額掛起，不遷，不拆。李利拍照記錄實況，攤睡袋平台過夜。阿凡約小路和趙之任，以探班名義告別皇后。清拆限期前兩天，小路碼頭遇見社工海迪，處處保育現場有他身影，小路說海迪你又瘦了，海迪黑黑瘦瘦，摸摸頭想了一會，露齒而笑，笑容乾淨，一口白牙潔亮。

等到傍晚，阿凡和趙之任也到來，打電話給李利，原來他在碼頭頂蓋平台，指示旁邊一條鐵梯，保育人士搭建起來。三人小心踩踏木箱攀梯，爬上平台，不曾在這位置看過海，視野有種新鮮感，心裡興奮，不便顯露出來。小路望著海港，填海愈填愈窄，再來建一條橋，就可走路去尖沙咀了。平台幾個露營帳篷，保育人士在內休息睡覺。李利睡了一星期，平日在附近公廁洗臉洗身，對面大會堂洗手間乾淨，也是他常用。阿凡帶來香腸芝士小食，背心袋掏出紅酒，夜色下沉，海風吹來，他們背後是中環最亮的燈光，紙迷金醉。趙之任抽著煙，說想到《英雄本色》，Mark哥有句對白，「想不到香港的夜景原來這麼美，這麼美的東西，一下子沒有了，真是不甘心。」

往時總有人取笑他，或接龍唸其他對白，但今夜連阿凡也安靜，默默吐出煙圈。李利架起相機，長時間曝光，拍下海上倒影。渡輪劃過，晃悠晃悠，好像只有它百年不變，此岸到彼岸。

清拆日，藍天白雲，大會堂前面採訪區，小路遇見羅拔，他已離開那家小電視台，轉去另一家衛星電視台，當了部門主管，負責攝製新聞紀錄片，今天帶齊記者攝影師，拍攝最後的片段。早上，有抗爭者用鐵鏈把自己鎖在鐵欄上，和警員幾番拉扯後被移離，其他坐著的人，也逐一被抬走。羅拔說，畫面比預計的平靜，以前採訪清拆寮屋，有住戶死守，身上綁石油氣。小路反問，不夠激烈嗎。羅拔忙著跟攝影師調鏡頭，沒接話。小路本來還想說，抗議行動要多激烈，畫面才會好看，而畫面夠好看，最終可以改變什麼。採訪區人頭湧動，來去匆匆，不是適宜討論的場所，羅拔說，改天再約小路飲茶。清場過後，工人進來，手腳利索，一把扯掉平台垂下的大幅橫額，狂風般撕走滿牆標語，隨垃圾掃到一旁，垃圾車和工程車開進來，另一批工人收拾殘骸，不消一會，昨夜還像嘉年華會現場的皇后碼頭，已變成廢墟地盤，等待被夷平，填入新內容。

07

荷李活道拐下來，下亞厘畢道雲咸道交界一幢圓角建築，紅白相間，屋頂烙著1913，關鍵年份。它其實建於一八九二年，本為舊牛奶公司倉庫，一九一三年才翻修為總經理住所。八十年代牛奶公司遷出，南座駐進藝穗會，北座是外國記者會，簡稱FCC。

九七年前李利已是這兩個地方的常客，他出道早，不到二十歲，憑著天賦開始職業攝影師生涯，專拍時裝和明星。人把肚子填飽了就想要好看，城市也一樣，甩掉了貧窮，換上新造的衣裳。李利年輕氣盛，照片裡凜凜然的，每個人都端正有神，特別好看。他不斷得到機會，當紅模特兒給他拍過了，都堅持要繼續找他。他拍的照片，頻頻亮相雜誌封面。報攤看到自家作品列陣，想必人在雲端飄飄然，但李利沒有，他知道自己不夠。

為了擴闊圈子，他開始去FCC。每天晚上，他到俱樂部酒吧喝一杯，周圍說著各種外語的記者，英語、法語、日語……他聽懂的聽不懂的，有一種異國情調，他喜歡的。因為有太多異鄉人，反倒沒有誰是真正的異鄉人。都知道，離開了這兒，門外是另一個世界。

如果說李利有天份，不如說他有自學的才能。他能迅速分辨誰是有料扮有料，誰能當他的老師。在FCC，他認識了保羅，學習了一些有用的求生技能。保羅是戰地記者，去過很多戰事發生的地方。當然也去過北方的廣場。職業習慣使然，他寫完報道，就不再提及那個地方。你不會往一直流血的傷口挖下去，李利以為是這樣。不，保羅認真說，因為人的感受力有限，一個戰場之後還有另一個，不能把自己的感受消耗掉，要留著一點，備用。

保羅還去過切爾諾貝爾[7]，但他不願多提。你想知道的，都可以在書和報道裡看到，可以確知的是，地獄有不同的形貌，而那裡是最恐怖的，因為它在精神上和形體上都把人扭曲到極致。保羅點到即止，要去看是一件很難的事，我記錄，然後我離開。

近年保羅在東南亞拍攝貧民窟，短暫休息留曼谷，有常去的酒吧，跟一堆外派記者和攝影師聚頭，交換採訪情報。像通訊社攝影記者彼得，就是這樣認識。彼得來香港，保羅讓他找李利。李利擔任導遊，帶領彼得認識香港的平民區，不是外國遊客常去，不是香港仔畫舫大澳。彼得想要看真正的香港，不要觀光。李利帶他去天水圍，那陣子有個外號叫悲情城市。

住進天水圍，如住進圍城，公共屋邨建構起來的社區，住滿新移民和邊緣人。彼得說他翻查新聞，發現曾有一對姊妹手牽手從高樓跳下去，他想去那個屋邨看看。以天字為名的屋邨，建築物一式一樣，無從辨別方向，李利幾乎迷路。他們在屋邨球場坐下來，喝著啤酒。彼得說，這就像巴黎郊區公共屋苑或紐約黑人區，住在這裡的人，早已意識到被貼上標籤，慢慢也住進了這個標籤，像甩脫不了的命運。「這裡和中環真是天與地的對比，」

7 切爾諾貝爾：Chernobyl，港譯切爾諾貝爾，台譯車諾比。一九八六年，前蘇聯烏克蘭境內切爾諾貝爾核電站發生嚴重核洩漏事故。

彼得說。「而這裡的人，其實也很難可以去一次中環。交通費這麼貴。」

李利新市鎮屋邨長大。小時候，一家從九龍旺角天台屋，搬到沙田公共屋邨。左鄰右里都是同時間搬過來，很快互相認識。晚飯時間可熱鬧，家家戶戶開著門，走廊互串門子。他媽媽和隔壁蘇嬸最熟，有時買菜也一道去，買得多有得平，她們就合買幾斤，回家再分，算起來更便宜，這是屋邨師奶的智慧。有些特別日子，像過年中秋做冬，她們集合其他樓層的師奶供會，要年糕有年糕要月餅有月餅，經濟實惠而不浪費。有次蘇先生入醫院做手術，李媽幫忙蘇嬸煲湯給他補氣。這種守望相助的情誼，如舊時月色，任何時候回想都皎潔溫柔。前幾年，蘇嬸蘇生隨兒子移民去了澳洲，走廊冷清得多，李媽嫌生活太安靜，沒有串門人聲，常叫李利回家陪她。

彼得天水圍拍攝一天，又找一天行山，走了一段麥理浩徑，就回去英國。後來他到中東採訪，一次意外，遭流彈擊中身亡。李利從保羅那裡得知死訊，想起他們在天水圍球場的下午，看著幾個男孩拋擲籃球，彈下彈下。

李利深知自己不是戰地記者的材料，他的鏡頭從來只對準時尚圈，明亮光鮮。模特兒嫁入豪門前，一天換幾套衣裳讓他拍造型照。這些照片，要多夢幻有多夢幻，有時他也搞不清楚，究竟照片裡的世界比較虛假，還是照片外。

08

中環半山行人電梯，運輸大動脈，沿坡細延往上爬，把人輸送到半山腰。電梯旁邊，一幢幢小樓房掛大幅廣告，修甲剪髮家具咖啡雪茄，近得伸手可觸。遊客另類景點，輸送帶上窺望民居，《重慶森林》警員663的家，不在尖沙咀在中環。

小路上荷李活道，趕去見畫廊負責人，舊中區警署搭起竹棚，要轉型活化變博物館，後面紅磚建築域多利監獄，殖民初年專門囚禁華人罪犯，城市心臟罪與罰，至二千年初關閉。電梯天橋轉角站定，看過去奧卑利街，一通電話打來，竟是何敏。兩人不知多久沒說上話了，小路略遲疑，何敏不待回應，直說她懷孕了，決心生下來，又說，現在看的這個心理治療師，令她對生命重拾信心，不再害怕擁抱未知的未來，她相信只要努力，保持樂觀，就可以實踐自己。小路一時出神，何敏究竟換了多少個治療師，才能說出這些話。行人身邊匆匆走過，「唔該借借」，「咪阻住地球轉」。人人都在趕路，心情煩躁，上山下山，向左向右，過馬路，上天橋，紅綠燈嘟嘟嘟，高跟鞋咚咚咚，恨不得推開所有人，直達目的地。啲啲噠噠，交通燈閃呀閃，聲音從四面八方襲來，催促著提醒著，最緊要快，不要停下來。中環的天空，資本人流轉移，靠速度和效率撐持。小路非常渴望，按下一個暫停鍵，換取片刻寧靜，即使只有一秒也好。何敏一口氣說完，稍頓，小路向著電話說：「何敏，祝你快樂，和平靜。」另一邊靜默，過了一會，吐出兩字：謝謝。

小路掛掉電話，感覺已翻過一頁，無法回到從前。前面是荷李活道，往西去上環，往東落金鐘灣仔，電梯底昔時有一老店，賣古物雜物，門前籃子堆滿上世紀初舊照片，花街少女，塘西風月，林林總總小玩意，東方主義風格，一路延續到嚤囉街，賣給尋找歲月的遊客。老店東死後，後代接手，懶得處理舊東西，乾脆把鋪位賣了，鋪價瘋漲，不賺簡直嫌錢髒。原址開一間英式酒吧，聚集鬼佬和半唐番，晝伏夜出。

都市變更，換個流行的詞，叫轉型，轉型成功就叫創意。有待轉型的，尚有荷李活道舊警察宿舍，劃入保育項目，要變創意中心，走設計風，潮人潮物集散地。據講某高官兒時住過，懷念鄰里情深，回憶珍貴。專家考證，原址係孫中山所讀中央書院遺址，花崗岩地基出土在即。回歸後解殖潮引發全城焦慮，物極必反，民眾瘋狂考古，翻出歷史遺骸，每一塊磚頭都有集體回憶。開埠至今百餘年，故事何其多，歷史大幡飄蕩。

兒子出生後，何敏明顯開朗起來，社交媒體頻分享，出現一點色彩。她自喻重新出生，隨兒子探索世界，過去糾結的煩惱變得渺小，小生命教她把眼光投向未來，不再在漩渦裡打轉。偶爾貼出黑白攝影作品，重拾追求美藝的興趣。圖片下面，朋友按讚代替留言，來過看過，沒有更多，那句老歌：你有你的生活，我有我的忙碌。

社交媒體，以臉書為首，重新編織人際關係，連結方式改變，互動牽動情緒，簡化同時放大表情，每個個體想要得到注視，就得不停更新狀態。資訊大海碎片蜉蝣，生命周期短。多讚形成受歡迎的假象，表面的交心，暗湧著諸多計算。從個體擴大出去，約化為集體受眾，臉書演算法下，難逃商業天羅地網。傳統紙本媒體最後一根稻草，棄紙投降前最後一波抵抗，最終兵敗如山倒，血流成河。識時務者，乘浪而起，風起雲湧。前臉書時代，就和退休老人的話題一樣，總是想當年風華正茂。

有一天，小路收到一個交友邀請，她看看名字，Wood Lam，沒什麼印象，看到共同的朋友有周可怡，也就按了接受。未幾第一個訊息傳來，「葉小路，你還記得我嗎？我是林木，你的中三同學。」小路搜尋記憶，中三的林才子，跟這人頭像連繫不起來，禮貌回一句，簡單交談。林木說，憶起香港中學生活，有點想念，看到周可怡貼她們合照，循線索找到小路帳號。林木聖誕回來香港談點事，約小路見面聚舊。

林木住中環文華酒店，約小路太子大廈皇后像廣場前等。林木一身悠閒衣著，香港冬天不冷，他只穿短袖上衣，配卡其布褲，手裡拿著一件薄外套。小路穿毛衣長裙，黑大衣。林木中學坐前排，現在是高個子，美國生活常運動，身型健碩結實。林木說小路一點也沒變，跟中學時代一個樣，小路笑，怎會沒變，一轉眼就二十年了。林木提議，找個地方坐下，先喝點東西，再一起晚飯。小路說，太子大廈頂層就有一家，景觀不錯。兩人乘電梯上去，選戶外平台座位，坐下點兩杯氈通力，舉頭一望，銀行商廈叢林四面包圍，玻璃幕牆彼此映照，牆內空間一片白，一排排冷燈照明，辦公桌嚴整，人影晃動。平台角落，中環上班一族，西裝皮鞋套裙高跟鞋，三三兩兩，小圈圍站，聊天喝酒，英語夾雜。

這餐廳老闆有來頭，永安百貨家族的郭小姐邦妮，藍血人品味和排場。邦妮的姐姐哉絲，嫁給先施百貨家族的馬公子，後創辦高級時裝店JOYCE。小路說，那些歐洲和日本大牌子，早於七八十年代哉絲已引入。林木會心，哦，old money。小路說，中學時期，我在永安做過暑期工。林木笑，我的暑期工，是果園撿蘋果。另一邊望海沙發，坐著一群自由行遊客，名店購物完畢，大袋小袋，輪流互相拍照，笑聲漫開。

林木說，經過滙豐銀行大廈，看見一群人佔據通道廣場，搭起帳篷睡覺，沒想到「佔領華爾街」的影響蔓延到香港中環。小路說，不奇怪，都是金融城市，問題一樣多，她也認識一些社運朋友，帶帳篷睡在那裡。她沒有說，她曾在朋友帳篷過一夜，地特別硬，早上給垃圾車吵醒，掃街工人把佔領者當露宿者，眼神厭惡，帳篷外人來人往，投來好奇目光，鮮有人停下來，閱讀那些句子或理念。她也沒有說，頂著沒睡好的亂髮，對面公廁草草梳洗，內心竟有一絲羞愧，然後又為這羞愧感到羞愧。林木解釋，他不是反對佔領活動，每個人都有表達的自由，「在不影響其他持份者的情況下。」他木然說，這些行動發展下去，也只是留在街頭，留在廣場，最終不會改變什麼。

林木大學畢業後，投身金融業，公司在紐約世貿中心。那個九一一的早上，他永遠忘不了，當他從地鐵站出來，還不知道發生了什麼事，「只見前面所有人向我奔跑過來，瘋狂大叫著，我也沒多想，第一反應是跟大隊，拔足掉頭就跑，一路跑了好幾個街口，快斷氣才停下。」逃生的路轉眼成灰，鋪滿彷彿火山爆發過後的灰燼。那天早晨，林木因回覆一封客戶電郵，耽擱了出門，他有同事大早回去公司，最後一通電話打給家人。林木停下來，眼眶閃過淚光，十年前的事，每個細節的畫面仍歷歷。他深呼吸兩下，接續說，一年後還是不行，他沒法繼續留在紐約，決心辭職，搬去西岸，全職獨立投資，「我的 portfolio 很乾淨很健康，相信他日退休，也會留下一個很乾淨很健康的投資成績表。」乾淨、健康，他反覆強調，要和金融世界的積習和暗黑力量對著幹，證明這條路是可行的。

金融海嘯後，小路去過紐約。世貿中心遺址 Ground Zero，一切歸零。外圍繞一圈，冬日陽光斜照下，影子蕭條落索。一個住布魯克林的黑人藝術家，帶小路河岸散步，遙指沒有了兩幢高樓的曼克頓天際線，「曾經有過，現在沒有了，於是看見了從前沒有細看的」，藝術家說，從前只會看見那兩根，好像它們就是紐約的全部。象徵就是，局部代表整體。

華爾街上，一座雄偉商業大樓前，幾個建築工人排列整齊，拿著一張紙皮，英文全大寫「還我薪金」，抗議生手初出場，表情和動作不知如何安放，領頭的人教他們，遇到西裝筆挺的老闆走過，就要舉起牌子喊口號，身材魁梧的中年男人肩並肩站好，像小學生乖乖稱是。那個冬天特別冷，人們孕育著某種改變的欲望。街角小食店，宣示對黑人總統候選人的支持，霓虹窗飾夜裡發光：我相信。時代廣場，整天派發傳單勸人信耶穌的男人，改派選舉宣傳單張，小路沒有伸手去接，他鍥而不捨追問：為什麼為什麼，你不相信嗎？信者得救，黑人總統走進白宮，時代新章。舊事已過都變成新的了。紐約街頭，徹夜狂歡。早上醒來，太陽底下無新事。世界如常運作，把黑人留在白宮，白宮仍然是白宮。新的世貿中心重新興建，後現代主義建築，主座大樓高一七七六呎，象徵美國獨立宣言誕生之年。舊象徵擊落了，新象徵攜帶奠基觀念，自由之塔不容撼動。

小路說，還以為林木會去念文學，他從前是中文科才子。林木哈哈大笑，寫詩養不活自己他很快知道，念大學選經濟，發覺數字和圖表也有詩意。「但我可是看了全套金庸小說啊，我的中文也應該有中學畢業程度。」林木還說，搬去三藩市後，迷上李小龍，看了他全部電影，去西雅圖墓地拜祭過。「香港不是有他的故居嗎，我想和其他李小龍迷合資買下來，改做李小龍紀念館。」小路問，林木可知道，現在那是九龍塘一家時鐘酒店。林木又大笑，香港就是這樣，立立雜雜，九唔搭八。林木說，李小龍是真正能把思想和行動結合的一個奇人，千載難逢，萬中無一。功夫只是表象，武術即行動實踐，哲學才是他的意涵。「李小龍很懂得表達，三言兩語就把道理說清，美國人也很佩服他。」複雜事情簡單化，簡單事情無限化，不要執著形態，林木意會箇中秘訣。

小路看時間不早，該去吃晚飯，招來侍應，林木掏出信用卡急忙付帳，說只有男孩請女孩喝酒。小路說，老同學別來這套，男女平等，晚飯可要讓她做東。林木擺出手勢，沒問題，但想吃家常菜式，不要什麼大餐。小路於是帶他去歌賦街，走進牛記茶室，老闆認得熟客小路，問她幾人，閣樓還是樓下，小路見靠牆卡座空著，拉林木一塊坐下。老闆娘廚房伸出頭來，說今天老火湯青紅蘿蔔豬骨湯，小路說好，先來兩碗。點了豉油雞，林木想吃蒸三色蛋，再加一碟梅菜菜心。小路說，你別看男主外女主內，其實老闆娘才是靈魂，老闆都靠她的。老闆走過，耳朵撿到一句，笑瞇瞇搭嘴：「是啊，人家都說靠老婆才發達，我就是。」老闆娘忙著把豉油淋上雞皮，著老闆別再耍嘴皮，趕快幫忙端菜出去。老闆一聲遵命，勤快端湯端菜，招呼客人。林木喝湯，吃一匙蒸蛋，「屋企的味道——」，想起兒時在外婆家，外婆做的菜。小路眼彎彎，中環人工時長，放工喜歡來吃飯飲湯，圖的也是家的氣氛吧。林木不住點頭，碟碟吃得乾淨，汁滴不留。離開餐廳，小路還想著，要不要過去七一吧坐坐，林木卻說吃得太飽，寧願散散步。兩人沿斜路走下去德輔道中，白日人潮散退，街上一片靜，夜裡較冷，一陣寒風吹來，林木穿上外套。電車叮叮駛過，林木嚷好久沒坐了，拉小路追趕到站頭，車尾上車轉過旋轉閘，奔跑到上層車廂，少年似的。林木說，他喜歡三藩市，因為也有電車，有海，有斜路。電車飛馳，中環金鐘路上，聖誕燈飾亮起，閃閃燈泡如七彩光珠，掛滿城市一身華美。

林木問小路，可記得中三聖誕聯歡會過後，一班同學相約去酒店吃自助餐，尖沙咀看燈飾。小路記得聯歡會，長假期前一天，桌椅推到四邊，課室中央空出，班會費支出，食物到會，都是冷的，菠蘿腸仔、雞翼、三文治、薯片、汽水，雞翼的豉油凝結像果凍。玩集體遊戲，音樂椅、紅綠燈、估領袖，最後交換禮物，價值上限二十元，拆開都是書、有鎖日記本、卡通瓷杯。

電車到灣仔，轉入莊士敦道，林木突然彈起來，想要下車。林木外婆以前住灣仔，莊士敦道書店樓上。和昌大押，百年唐樓，二級歷史建築，得以倖存，保育翻新後，租出改作餐廳和酒吧。二樓露台長廊一列桌椅，朝向莊士敦道，林木坐高椅上，望向對面修頓球場，露台原來這麼美，以前一排騎樓密封看不到。規劃過後，變成高檔的消費場所，不消費就不能入場，小路說天台應是公眾地方，但很多街坊不知道。

林木說，這是正常的，保育也很花錢的吧，你看這裡的建築結構，牆壁和地面的磚，木窗木門，每一樣都要錢，時間成本也高。小路嘴角牽動一下，沒有免費午餐對吧，但歷史建築算不算公共財產，市民有沒有共享的空間，政府和企業有沒有社會責任，不是都把費用轉嫁給消費者，再說，我等市民的稅，可沒有少交吧。林木笑，全對。

保育，跟創意一樣，換個名字包裝，搭上藝術，就是賺錢的門路。設計師奇雲，有個客戶是富二代，家族祖上經營傳統實業，白手興家，舊工業做不下去，眼見旅遊業興旺，自由行豪客不絕，富二代轉型地產，舊區收購舊樓改成時尚酒店，為提高檔次，闢出樓層辦藝術展覽。奇雲找小路，幫忙引介藝術家。奇雲主持飯局，三人先客氣寒暄，富二代興致勃勃講述創業大計、展覽理念，奇雲積極落實執行細節，小路想到李利，問打算給攝影師多少藝術家費用，富二代輕描淡寫，說場地布置沒問題，小路再問，他搖一搖紅酒杯，「那個攝影師，他不可為藝術犧牲嗎？」小路看在奇雲份上，忍到飯局結束，說改天再聯絡，從此富二代訊息一律不覆。幾個月後，小路收到富二代主辦的展覽通知，藝術家是奇雲，展出他的商業攝影作品，她把電郵移去垃圾桶。

林木和小路夜遊灣仔，大王東街轉上皇后大道東，尋找林木的童年足印，文具店小食店，統統不在。走至利東街黑漆漆，偌大地盤圍封，拆得只剩下一枝街牌，恍若婚宴酒席過後，殘碟上的魚骨。林木說，社會要進步，向前發展，舊區重建，自然軌跡。凝看街牌而無街，生活全數清空歸零，小路難掩惆悵，以前中學英文讀本《老人與海》，老人幾經搏鬥，一尾大魚最終只剩下一排魚骨。一切掙扎，皆是徒勞。林木說，徒勞是結果論，掙扎的意義就在於掙扎，這是活著的證明啊。冷風中，小路把大衣裹緊一點，林木薄衣一襲，雙手擺背，馬步穩實，隨時出拳的樣子。Be strong, my friend. 分別的時候，林木說，以後要來三藩市找我，包食包住，一言為定。一言為定，小路說。

出手更少，而且發放不準時，多番催促才開出期票，追稿費像追債，生活美學尚未成形，人已累個半死。他突然懷念，以前坐總編輯房的日子，指指點點，大手一揮就把稿費單簽妥，會計部後續如何拖延，都不關他的事。

揸筆不成，他想不如揸鑊鏟菜刀，一陣子滿腦子都是家宴意念，和開餐廳的朋友合作搞私房菜，熱身幾場有聲有色，一些資深食客聞風而來，頗有好評。但飲食業是另一個江湖，刀光劍影有血有汗從不靜好，而且阿凡偏好地踎家常菜[8]，不是魚翅鮑魚野味補品，憑什麼收費媲美高級西餐，他且不是職業廚房工出身，名廚尚需要米芝蓮光環加持，他一個吃而優則煮的文化人，突圍而出談何容易。烈火熄掉，意志消沉，阿凡天天去李利工作室，拉李利、賓尼喝酒，滿肚牢騷。後來連酒也不想喝了，躺在家中沙發，一星期不出門，訊息不回覆。賓尼怕他出事，約小路上九華徑看看。屋外喚他，拍門許久，才來開門，整個人落魄失魂，喃喃自語，說人倒楣起來，連貓都嫌棄他，本來養的兩隻波斯貓跑了，找了半個山頭都不見。小路埋怨，肯定是你沒餵食，打開窗任牠們出去，給野狗或什麼人捉走。想到兩隻肥貓嬌生慣養，不知發生什麼可怕事，她堅持要在村口貼出尋貓告示，厚酬。

阿凡開口就是抱怨，他的命是大起大落的命，風光之時必然仆街，沉到谷底又重新爬起。小路鼓勵，既然如此，代表你也快要東山再起。賓尼附和，怕什麼，爛命一條，馬死落地行，路不轉人轉。阿凡萎靡奄奄，大半年來，什麼都試盡，該如何再轉。賓尼說，轉不了行就再在傳媒找，職位和薪金不夠理想，都將就一下，能屈能伸大丈夫。

阿凡打電話給一個前上司，多年前暢銷大報剛創刊，副刊一同打拚過，前上司最初推卻，說只有記者空缺，怕他屈就。阿凡低聲下氣，說什麼都做，職位薪金不拘，有得做就好，又補上一句，救人一命，再沒工開會抑鬱而死。前上司一聽，那你明天來將軍澳吧。

阿凡對大報印象，還停留在長沙灣舊址，第一次來堆填區大樓，不敢開車，坐公司接載員工的廠車，穩定下來才開車出入。副刊年輕記者編輯，無人識他，不深究時尚雜誌人事去向，只道是阿頭找來中年大叔一名，對他心存戒備。阿凡本以為要放下身段，但既然眾人識他老鼠，無身段可言，他樂得重新開始，用心融入同事圈。編輯部風格平實，他穿著趨低調，深水埗剪牌名牌，T恤牛仔褲，稍有花巧都收在內裡。「穿了也無人欣賞，」阿凡對賓尼歎氣。

工作環境倒是比預想的愉快，職位低層，高層權鬥遠在天邊，肥佬老闆罵人輪不到

---

8 地踎家常菜：地踎，源自痞子、流氓，意思是平民、市井風味的家常菜。

他，公司餐廳伙食不俗，午飯和下午茶他連吃兩餐，肥了兩個碼，又可在公司健身房做運動。最初他只做簡單的採訪，幫忙編輯，後來上司見他的食評夠市井，正切合報章基層讀者群，多給他版面，做些庶民生活美學指南，他竟愈發風騷起來。暢銷大報始終夠大眾化，看的人多，讀者還打電話來問。阿凡沒料到，人生下半場，還有柳暗花明的時候。

短短半年，阿凡加了薪，還升了職，從資深記者變執行編輯，阿凡說，堆填區肥佬老闆難服侍，但糧草充足，夠均真，做得好餓不死，總好過有些老闆，要馬兒吃土。賓尼說，個個老闆都要賺錢，只有賺得多或賺得少，你做了老闆也想賺錢，生意就是賺錢，蝕錢的叫慈善。賺錢不是罪，剝削壓榨才是，小路說。

堆填區旁，黃昏時分，老鷹盤旋山頭，啄食垃圾堆腐肉剩食，阿凡在公司看過去，像每天觀看「天葬」儀式，冷氣間聞得到臭味，停在毛孔深處。下雨時，車子開在路上，一陣噁心氣撲鼻，他忍住呼吸加速駛離。天星碼頭拆掉，鐘樓聽說給丟到堆填區，也有碎屍案發生，警察分組逐處檢視黑色膠袋，打開裝著人體殘骸。阿凡模仿地產商口吻，引用附近一個新樓盤廣告，「心曠神怡」。打滾多年，阿凡深明包裝之術，明明是平價賤物鬥窮人，他口沫橫飛，淘沙淘出金砂，庶民美學智慧一籮籮。

阿凡重新適應報紙節奏，每天準時報到，年輕同事流動快，進進出出，留得下來的，有人創報留守至今，自住樓快供完，長年累月，已把公司當家，同事當家人，閒時圍爐，帶回美食分享，午飯後短休，下棋的下棋，打機的打機，過後再埋版衝刺。他想，退休生活也不過如此。

旁邊網絡部門，大力推動網絡轉型，短片節目推出，社交媒體專頁經營，數字目標不斷跳升，阿凡猜想，這波浪潮，公司半數人勢必陣亡。同一時間，集團另一分支，出擊免費報紙，搶佔小報市場，投入資源人力以億元計，阿凡冷眼，並不看好，回首多年前，肥佬老闆直銷一仗慘敗，那個是行得太前，這個是行得太遲。他記起，公司從前有林大才子坐鎮，肥佬老闆首席智囊，傳真機依時依候傳來幾頁紙，寫滿眉批評語，編輯部上下捧讀如聖旨，不敢怠慢，可惜壯年患癌去世，五十五歲終。阿凡家中書櫃，一排《洋葱頭》列陣，麻甩之神地位無人能及。

一年後，獵頭公司來找，挖角至英文傳媒的中文商業部，為客戶度身訂做雜誌服務，薪金職位三級跳。阿凡立即跳槽，一個翻身，又是一條好漢。兩隻肥貓尋不回，他領養了一頭牧羊犬，退役警犬又乖又馴。不用訓練，狗領著他，山頭來回奔跑，天天運動。

第四章

01

二〇一五年初，陰霾昏昧，小路陷入抑鬱，失眠、心悸、焦慮，姐姐介紹去看李醫生。推開診所的門，竟看到何敏坐在角落，她全身黑，黑毛衣黑長褲黑短靴，短髮往後梳，戴黑色頭箍，露出光滑的額，鼻尖微翹，表情一貫冷漠。何敏瞧見小路，神情先是一下驚奇，然後瞄到小路身旁的男子，打量片刻不作聲。

小路在何敏身邊坐下來，介紹了男友章然，畫畫的。診所有幾個醫生駐診，何敏看的是何醫生，已斷續看了幾年，藥愈吃愈多。還沒待小路問下去，何敏逕自說自己的事，不顧忌診所還有陌生人。「何醫生已經問我，還有什麼可以幫到我。我也不知道。」又說，和西門分居了，她獨自搬去坪洲住，兒子讓西門媽媽照顧。小路暗驚，還以為何敏生兒子後，一家三口樂融融，沒想到事情這樣變化。何敏不為意，一股腦兒續說，上個月，她遭同村一個外國男人強暴了。「我去報警，警察說我們認識的，不相信我。那個男人後來還不停發訊息給我，我把他封鎖了。」現在何敏又搬回愉景灣，獨居於另一個房子。

候診室內，其他病者各自在自己的世界溺沉，沒有人看過來，只有登記櫃檯的護士拋來關切的眼神，也只有這麼一眼。一個中年男人起來走向櫃檯，護士回他說下一個輪到你，他又回去原來的座位，繼續自言自語。

小路瞄瞄男人，再定睛看何敏，腦子想要說點什麼，嘴巴張開，語句卻在半空未能降落。此時護士喊小路，可進去李醫生房間，小路著何敏等一下，回頭見。

李醫生顯得沉實可靠，想要給人安心的感覺。小路跟李醫生講，沒法睡覺，就是沒法睡，走在街上，感覺浮浮空空的，好像這個身體已不再屬於自己，也難以集中精神做事。「最近也有很多人來看病，都是這樣，這是抑鬱的症狀。先給你一點藥，多曬太陽，做點運動。一星期後回來，看有沒有好轉，再調整藥量。」李醫生男低音講，有些說法，抑鬱是anger turned inward。「憤怒轉向內心」，心的事情，小路想。

回到候診室，何敏正跟章然說著話，小路出來，二人都朝她看，不再交談。小路心裡一陣異樣，可不知該說什麼，身體輕飄飄的。等何敏也拿到了藥，三人一起離開診所。「何敏，保重。有空聯絡。」十字路口別過，小路目送何敏的背影過馬路。過後問章然，他和何敏談了什麼，他說只是在社交媒體加了朋友。「你別這麼敏感，她也很可憐的。」

小路說，黎素美說她總以酒配藥，藥愈吃愈多是肯定的。章然聽了，說你們不懂，她是因為睡不著才喝酒。「發生那麼多事，她又能怎辦。」

他們坐的士回家，車子經過夏慤道、干諾道中，路面交通暢順，曾經開滿帳篷的運動現場，清潔車來回洗刷多趟，幾已不留痕跡。不久前的事，一個轉身，就跟遠古一樣遠。社交媒體上，朋友分批吵架，劃進不同陣營，爭論不休。寶兒跟中學同學珍妮舌戰，珍妮貼文大罵佔領堵路的人，害她兒子無法去上幼稚園，引用名言據說出自曼德拉：人有上學的權利。寶兒失笑，曼德拉真說過這句話不奇怪，但為了南非的民主人權，曼德拉策動了多少抗爭，坐了多久的牢，珍妮又是否知道。運動陳義高尚，謀略各異，殊途是否同歸，意義未明，敵人朋友互換，計劃不了意外。佔領者裡頭，自然也有些人，並不知道坐在那裡要幹什麼，他們只是純粹來看看。金鐘、旺角、銅鑼灣，理念分歧，劃地為王，分據地盤。外部衝突激烈，制度暴力輾壓個人，內部組織矛盾失衡，潰散以後，困惑加重，憂傷無語，躁動潛入日常。

何敏的強暴遭遇，小路不敢細想，頭劇痛，有心無力。過了幾天，何敏臉書貼一篇長文，傾吐事情始末，小圈子朋友無人留言，只是分別按了不同的表情符號，吃驚、傷心、憤怒。手機即時通訊軟件響號，大學同學群組傳來訊息，阿芝問大家可看到，黎素美說她沒有和何敏聯絡很久了，七嘴八舌的，小路想了想，送出一句，前幾天在診所遇見她，她當面說，應該是真的。她們沒問，小路為何也去看病。蓮娜問，要不要去探望何敏，無人應和。黎素美最後說，主動找何敏也是會被她推開。何敏已經不在這個群組裡，她不再跟任何人聯絡，但大家沒有忘記她，仍不時討論她的近況。偶爾她在臉書貼文，述說對世界不滿，有舊同學留言，給她正能量，她回一句「什麼正能量害人不淺」，那同學不敢再留言。

小路關掉手機，不再看訊息，每天幽靈一樣，身體晃蕩，心不在場。章然往日隨心隨性，這時生活規律，買菜做飯，料理三餐，晝夜陪伴。小路吃藥助眠，人給硬硬打昏，醒來頭比昨日更重，比沒睡還糟，情緒暴躁想要自殘，就沒再吃。寶兒帶她去看中醫，老醫師聲如洪鐘，拍拍心口，大風大浪什麼沒見過，手腕伸出把脈，舌頭伸出看看，說肝鬱，小菜一碟，鬼畫符藥單一揮而就，先吃三劑藥，主要寧神，又著小路凡事看開一點，別執著，早上出門運動，學他早起，先上山跑兩圈，八十歲仍腰板挺直，行樓梯氣不喘。中醫館代煎藥，可翻煎，六杯放雪櫃，嘉應子送服。寶兒說，真神奇，醫師出名對病人兇，但對你例外溫柔。小路上網查資料，無意間找到，老醫師曾登港聞版，幾年前颱風天，他女婿出海遇溺遭大浪捲走，記者寫家庭背景，特添加老醫師一筆。小路告訴寶兒，寶兒感慨，老醫師每天準時應診，不曾請假。一星期後，小路心悸稍息，再去覆診，老醫師細問，有沒有依照囑咐戒口，戒口清單一張遞來，日常飲食習慣全要不得。

心甫定，人仍像遊魂，太陽下山後，章然陪同出門散步，灣仔晃到銅鑼灣，魑魅魍魎群出，如影緊隨。鵝頸橋下，燭火煙盛，黃虎威風，阿婆坐小板凳，拿舊鞋，拍打地上小人紙，邊打邊唸：「打你個小人頭，等你有氣冇訂抖，打你個小人面，等你成世都犯賤……」由頭打至腳，無處遺漏，小人不得好死，無從超生。正值驚蟄，橋下擠滿民眾，水洩不通，憤怒流淌，拍打詛咒，此起彼落，能量釋放。燭火漫天，把小路的臉映得紅紅，眼眶布滿血絲，黑眼圈深重，恍惚間，她化身黃虎，跳過火圈，渾身是火，又奪過阿婆手上舊鞋，加入起勁拍打，打得五臟俱裂，大大宣洩，瞳孔張開，只見手上小人紙空白一遍，四野荒涼，前後無人，狂風掃起紙片，地上撒滿米粒。章然看民眾痴迷，如入幻境，阿婆唸咒，女人含恨，煞氣聚集。銅鑼灣整夜通明，橋底炒辣蟹熱氣引人，他剛來香港，專程去吃過，舌間辣椒跳舞，啤酒灌下，痛快淋漓，存在實感，別的地方沒有。

02

小路遇上章然，純屬偶然。兩年前畢打街畫廊開幕展覽，章然從美國來香港，駐留三個月，策展人介紹兩人認識。章然回去紐約，維持遠距離戀愛，天天網上通話，一年後返來香港，沒再分開。

章然北京出生，兒時隨家人移民新澤西，家中說普通話，出外說美語。暑假回北京，住祖母家。「我喜歡奶奶，奶奶跟我說很多故事，爸媽從來不說。」小路問，是什麼樣的故事。農村的，奶奶在農村長大，知道很多事，章然說。小路睡不著，躺床上發呆，章然給她講故事。大饑荒時期，無東西吃，什麼也沒有，有人會把家中孩子出讓，奶奶說，孩子身上插了一條草，就是要賣的。賣來幹什麼，自己家孩子不忍下手，就跟別家交換，吃人家的孩子。真的把孩子吃了嗎，小路驚惶。奶奶說是的，活不下去顧不上是人還是肉，什麼都吃，但她認識村裡一家，換來了一個小女孩，最終也不忍吃，留下來，養著養著，大了，成了家人，幫忙幹活。每次我挑食不吃，奶奶就會說，想想插著一條草的孩子，那麼多人沒得吃，我就馬上把碗扒乾淨，一點不剩。小路腦裡都是草，愈發睡不著。章然說，爸媽想把奶奶接過來，簽證老批不下來，奶奶老了更不想離家，五年前去世，此後他沒再去北京。他有些藝術家朋友，想看看東方，去北京參加駐村計劃，住在野長城下一個藝術公社，坐車去城裡看展覽，車程一小時，路上堵車一小時，來回就半天。他在新澤西，晚飯後出門，沿哈德遜河邊散步，看過去曼克頓，那個天際線景色迷惑人心，長大後就搬去紐約，落腳布魯克林，如果不是遇上小路，他不會想住在香港。這裡商業氣息濃重，逼狹擠壓，秩序和規矩鮮明，過分局促，人緊貼著人生活，做什麼都給人盯著的感覺；紐約也很商業，明買明賣，但它另有一種寬鬆，人與人之間保持空間感，欲望流竄，混亂滋長，疏離挾帶孤獨和自由。

認識章然以前，小路單身多年。三十歲後單身過日子，身邊人比她還焦急，長輩憂心，同輩疑心。小路表白，一個人自在，不刻意找對象，有長輩一副智者口吻，「愈說不想要就是愈需要」，直言小路只是嘴硬，堅持要替她張羅。對社會來說，單身的人就是不穩定的因素，阻礙人類延續、家庭和諧、族群興盛。單身女子最危險，已婚同性怕她搶走伴侶，對她多番提防，異性品評她打量她，暗中盤算她的價值，四海之內皆「剩女」，分數排名分先後。如果她們仍寄望跟愛情沾上邊，就是浪漫、不切實際、發夢、天真，落得下場成為網絡情緣騙案苦主，騙財騙色之後，報道出來再給公眾嘲弄，茶餘飯後笑話一則。

姐姐已跟大學同學結婚，兒女雙全，一個「好」字，但她對小路說，最緊要經濟獨立，婚姻就隨緣。姐姐的朋友茱莉，多年前同遊倫敦，已跟男友成家，生了兩個兒子，中產家庭生活標準模範。茱莉得知小路仍單身，熱心牽線，執意給她介紹，「多交朋友」。茱莉說，這個男的，跟茱莉同一個教堂，名校畢業，家世良好，專業人士，不抽煙不喝酒，無不良嗜好。茱莉三番四次安排，小路和安迪，終於答應相約喝咖啡。灣仔星街咖啡店坐下，兩人像一般酒會遇見的新朋友，客氣禮貌友善，大方聊聊旅行、看過的展覽和電影，倒是談得愉快。安迪是那些教養良好的男校生，特別乾淨，頭髮鬚根指甲鼻毛都修剪妥當，古龍水淡淡的，穿著美式學院風，馬球上衣不反領，長褲熨得筆直，一雙褐色樂福皮鞋擦得發亮，閒時愛好運動、爵士樂，生活自律。小路沒有心動，這樣的人，律己嚴待人不會寬，對女伴要求應該很高，做朋友就好。像觀賞一株修剪出色的盆景，小路微笑應對，社交媒體互加朋友，改天再約。彼此客氣，深知社交禮儀，分寸合宜。過後也曾再約，一起去藝術館看展覽，半島酒店喝咖啡，適可而止。

星期六下午，小路和賓尼在中環蘇豪酒吧，歡樂時光飲料買一送一，賓尼坐下不久，就打開手機上同志交友軟件，看看附近有什麼人，一堆外國人頭像顯示出來，賓尼掃下去看，邊看邊笑。小路好奇，問賓尼，你這是 for love or for fun。賓尼說，why not both，兩樣都可，床上玩得開心床下繼續愛，不好嗎。小路問他拿手機來看，想看看是什麼玩意，掃一掃，有個頭像眼熟，位置在附近藝穗會，小路點進去看清楚安迪的照片，底下個人資料欄寫：運動、爵士樂。賓尼問，怎麼了，你認識他嗎，要不要跟他 say hi，不待小路回應，他發去打招呼訊息。小路笑，你這是自投羅網。沒半秒，安迪傳來 hi，賓尼說，安迪把他的個人資料掃過一遍，給了一個心。小路問，他對你有興趣嗎，你們要聊天嗎。賓尼說，沒有，他看來對我興趣不大，我對他也沒什麼感覺，你知道我比較喜歡外國人。小路說，這是我的一個新朋友，不知道他是深櫃。賓尼說，也許他是雙性，你接受得了就可以。小路打他一拳，說這個人在臉書上，還轉發反同的文章，兩面不是人。賓尼呵呵笑，現在你有他的秘密了，可以去要脅他，又說，我這是幫你一個大忙，不然你怎麼甩身，下一輪算你的。小路反眼，根本從沒有這個心思，他也活得不容易吧，請喝酒小事，要喝什麼。他們喚來侍應，再喝一輪。

這件事小路沒告訴茱莉，只說和安迪不太適合，茱莉想再安排其他人，小路就說，工作很忙沒有時間，掛斷電話，訊息已讀不回。安迪仍偶爾在臉書貼文，轉發音樂會或展覽資訊，小路看到沒點讚，也沒有再聯絡。

章然出現，如地平線突然升起的一輪太陽，光線照裂天空。初次見面，他話不多，笑起來有點傻氣。他比她小八歲，年齡差距不是問題，她猶豫的是文化差異。相處起來，還真是舒適自然，他們都沒有改變對方的意願。她不用變成另一個人，或再做什麼，遷就討好誰。展覽開幕活動人群中，章然一眼看見小路，想跟她談話。待在她身邊，他感到放鬆自由，年輕女孩那種非要世界圍著自己轉的盛氣凌人她沒有，也許歲月已磨去了她的一些尖刺，她對邊界的接納度較高，不去束縛或干涉他，給他所需要的空間。有時她的固執和激情，還是不好應付，但這些他尚可掌控，情願她世故中仍保有幾許天真。比較難熬是兩地分隔，那邊白天這邊黑夜，時區不能同步。小路不想搬去紐約，他只好來香港。

03

夏日豔陽，街上蒸籠一樣，水點從冷氣機滴下，行人躲避不了，總有水滴在頭上、衣裳上，落在地上濕漉漉一片，曬一天未乾透。老區一條街，走過去，是一條水道。水也是汗，混雜著身體的氣味，揮發出來。樓房高大密集，屏風樓昂立如屏障，擋住了山上海上的風，悶熱濕翳，空氣不流通，焦躁心煩加倍，繁忙路口，人車爭路，車子響咹，人爆粗爭執，聲浪加入熱浪，覆蓋淹過城市每個角落，無可喘息。

六月初夏，周可怡攜女兒回港，探望爸爸。周可怡爸爸患失智症，不太認得人，但還認得周可怡，視她十六歲。周媽媽一個人照顧不來，聘看護幫忙，給周爸爸腕上縛名牌寫地址，怕他走失迷路。報上時有老人走失，家人四出尋找，彷徨慌張。失蹤比死亡更可怕，因不知去向，死亡確定，至少可知。有云，人死要見屍，無非求個明白。死後安葬，有墳有碑，思念有所歸，世俗形式，對一些人來說，是必要的安心。

周可怡少小離家，異鄉生根，生育下一代，唯一牽掛，只剩爸媽。爸爸退休後，她曾想接兩老過來團聚，爸爸拒絕，說香港看醫生方便，得閒約老友飲茶，英國又濕又冷，不宜長居。周爸爸去倫敦探親，看到周可怡和羅南租住小單位，劇團工作收入不定，生活不夠堅實，周可怡再進修藝術教育，打算在學校教班，周爸爸憂心，跟周可怡商量，拿出一筆錢，讓夫妻在郊區小鎮買一間小屋，連車房和小院子，住的地方安頓下來，不用流徙。

買了房子沒多久，周可怡懷孕，產前兩星期，周媽媽特定飛過去，陪她坐月子，煲薑醋，食療補身。「月子坐得好，女人身體變更好。」媽媽跟周可怡說，聽說西洋婦女生產過後，直接落地行走吹風，媽媽猛搖頭。洗頭洗澡萬萬不可，只能用薑水抹身，未滿月不可出門，可幸產期是六月，倫敦夏天明媚，不是冬天冰天雪地。小路說，周媽媽別擔心，英國冬天室內暖氣充足，比香港的冬天還和暖。周可怡說，坐月子很多禁忌，但說實在，感激有媽媽照顧，我和羅南都快發瘋了，餵女兒吃奶手忙腳亂，生產後情緒波動，只有媽媽懂得，半夜醒來，看小寶寶睡覺，感到責任很大，自問不算是好女兒，也不知道如何做好媽媽，「葉小路，現在我才明白，很多事是遇到才知道，要親自去經驗。」小路說，為母則強，果然如是，「周可怡，加油啊。」

周可怡笑，小路也要加油，抑鬱總會過去的。小路說，對一個抑鬱的人說「加油」，好像是說她不夠努力，但其實我們已經很努力，怎麼說呢，已經盡力了，從泥沼中爬出來，用盡了全身氣力，在那個黑暗的房間裡，拚命掙扎呼喊，但外面的人，仍認定我們做得不夠，沒有自己打開門走出來。

周可怡說，對不起，我明白了，以後不再隨便叫病人「加油」。她又說，你記得基廷老師嗎，那個演員羅賓威廉斯，去年八月自殺了，用皮帶上吊，之前曾試圖割腕，報道說他患抑鬱症，但除了身邊親近的人，沒有人知道他的病情。小路說，記得你很喜歡他的《暴雨驕陽》，那樣溫暖而啟發人心的演出。周可怡說，是的，你知道我不是感性的人，但那刻我突然給什麼擊中，「生命影響生命」，像上天給我丟來的訊息。小路說，少年時代的啟蒙，可以影響一生。周可怡說，我相信你會好起來的，一定會的，我也曾掉進泥沼，我猜那算是產後抑鬱吧，有一天幾乎崩潰，半夜起來，想要終結一切，望著搖籃裡的六月，不捨得，想把她一併帶走，六月哭了，幸好當時羅南剛醒來，緊緊抱著我，捱過去又沒事了。

她們坐在維園長椅上，陽光刺破枝葉，灑在樹下她們身上，小路仰頭看天，白雲飄過。行人來去，穿過公園小徑，往返天后和銅鑼灣，午膳時間，附近辦公室的白領，長椅上吃飯盒，長者沿草地甩手散步，對面球場有人打球，吶喊聲間奏。

每年六月四日晚上，球場上燃起一片燭光之海，第二天每份報章的頭版刊出圖片，配以數字，年年有起落，從幾萬到幾十萬，素衣人坐滿多少個足球場。二十多年來，程序如是，義工派發白蠟燭，另加一白色小紙杯，套上白蠟燭，需要一點技巧，確保蠟淚滴落杯中，雙手全程護著火苗。風吹熄燭光，鄰近陌生人，即刻主動挪近手上燭光，重新點燃，不用聲張，默契完美。集會結束後，人群散去，仍有人留下，仔細刮去地上蠟痕，紙張垃圾清理乾淨，還原復初。遇滂沱大雨，悼念如常，雨中撐傘，人群狼狽濕透，安靜秩序依然。時間過去，近乎國際奇觀，維園燭光圖成為一種象徵，延續信念。

周可怡說，注意到一些聲音，認為維園悼念是行禮如儀陳腔濫調，年輕一代沒法投入，也不想給框進國族架構。小路說，近年亦有不少年輕學生參與，他們回頭去讀歷史，理解事情真相，自行判定如何行動，自由可貴，人人皆可表達不同意。周可怡點頭，英國有很多悼念儀式，官方的，民間的，對一般民眾而言，紀念日是一個重提歷史的起點，甚或只是一個假日，但對於受難者及家屬，那是說，世界沒有遺忘，他們的愛與苦難。小路說，維園集會播放影片，有些北京的母親分享，每年看到香港維園的燭光，又有了力量堅持下去，她們的孩子無辜死去了，她們連公開悼念也不可。難以想像，這會兒是同一群人，白天街上爭路，市儈庸俗，晚上公園安靜集會，執拗地高舉燭光。周可怡說，我相信人有一種捍衛良知的本能，大是大非面前會站出來，人性超越疆界。小路說，也有些人當作贖罪券，生活裡某些方面墮落了，另一些方面做道德的補償。周可怡說，就像消費行為，明知用的產品出自血汗工廠，但會去買公平貿易咖啡，心理平衡一下。小路說，更常見是，有些人早年出來，後來推倒昨日的自己。無間道浮沉，苦海無路。周可怡說，不用太悲觀，總會有出路的。

盛夏颱風過境，城中有傳說，從首富得名的一道「李氏力場」，影響風向，八號風球下班後掛起，翌日上班前落下，準時無縫銜接工作日程，股票市場照常買賣，不停市不停工，經濟無間斷高效運作。當烈風侵襲，力場抵擋不了，樹倒路毀，浪起拍岸，一切徹底停下來。小路告訴章然，小時候沒有李氏力場，打風不用上學，媽媽拿出罐頭，午餐肉煎蛋配出前一丁麵，颱風天吃，分外滋味，窗外橫風橫雨，窩在家中倍感安全。入行做記者，十號風球也得回報社，街上採訪市況，清潔工人冒險工作，颱風餐從此添了陰影。風球可是提醒，城市不免疫於天災，生活久安，堡壘築起，牢固堅實皆幻象，隨時崩塌。

夏去秋來，中秋已至，暑熱未散，圓月掛天，寶兒約同小路和章然，大坑看舞火龍。三人齊集蓮花宮附近，愈夜愈多人，逛過維園花燈會，繞中央圖書館過來，有小童提著燈籠，電子的，閃爍出七彩兔子或卡通人物。火龍先在蓮花宮開光，龍身龍骨粗麻繩紮成，栩栩如生，龍脊插滿長壽香，燃點顆顆紅光，拖曳長長煙絲繚繞，起龍之後，眾男持棍分舉龍頭、龍身、龍尾，舞動火龍，浣紗街起始，巡行大坑幾條小街，黑夜中，星火飛躍閃動，一圈又一圈，男人撐起放下，過橋纏柱團圓，飛龍遊人間，萬家歡騰，人群沿路喝彩，喧鬧極致。燒香熏眼，淚水眼眶裡打轉，小路站路邊，凝目細看，隨火龍繞行，出地獄入人間，滿街滿巷人聲沉香迷漫，眼前只有當下，全心投進去，沒有過去，沒有未來，突如其來，腦中坐鎮甚久的鉛塊，鐺鐺一聲碎裂炸開。雲飄散，月兒露臉。火龍遊街過禪修星相斗數前世今生人類圖身心靈，各種方法尋道養生，看不見未來，唯有檢討自身，追溯前塵。

阿凡飯局，久已未聚會。朋友圈，無心情無消息。阿凡離開將軍澳，轉去大埔工業邨新工作後，事業順境，老闆是早年移民美國的女人，英文母語，中文曉讀曉說不會寫，甚倚重阿凡的中文編輯專業。他一開口，上天下地，處理客戶要求，得心應手。

農曆年後，阿凡主動約局，開春茗群組，約賓尼、李利、小路，還有阿祖，深水埗老地方團聚。阿祖當日在中環有事忙，說大家先吃，他盡量趕來喝杯啤酒。賓尼爽快應約，提前到珠江酒家訂位，閣樓留一桌，預先留菜。一段日子沒見，兩杯啤酒下肚，毫無忌諱。李利提起，年初一晚呀，想吃串魚蛋都犯法，你老闆，我們小時候過年不都這樣，幾時要拉要鎖。賓尼說，看新聞，旺角街上燒得火光熊熊。李利說，有因必有果，四處都是拖喼，不然就是金店、錶店、藥房，以前幫襯的小店都沒了。阿凡喝一口啤酒，別說這些了，新的一年，祝大家身體健康，猴年大吉。四人碰杯，滿桌的菜，此店特色，蝴腩煲、蠔爽、山豬肉、墨魚咀，濃味惹味。吃到一半，阿凡分享前陣子檳城之旅，有舊時香港風味，晨起去多春茶室吃早餐，炭烤多士配奶茶。他愈說愈興奮，那個炭爐啊，下面烤多士，上面煮奶茶煲咖啡，一爐兩用，設計絕妙。他說，以後搬家，考慮在院子造一個一模一樣的，天天享受。檳城舊城區散步，像回到六七十年代的香港，他的童年，有些老店，講廣東話都可以。阿凡站起來，掏出一根煙，要走出店外抽，說如果要走，去南洋都可以。賓尼笑，你以為自己是旭仔嗎。李利煙癮發作，也跟著阿凡離席。小路加點一碟炒菜芯，肉吃得太多她已不太習慣。阿祖趕到加入，阿凡李利抽煙回來，五人再舉杯，酒過一巡。

阿凡說到新年計劃，想把九華徑小屋脫手，套出錢來，新界買地蓋屋，他認識一個朋友，是元朗某條村的原居民，擁有建屋的「丁權」，可以「套丁」出來，跟有地的發展商合作建屋。他朋友把這屋轉讓給他，變相他可以親自興建自己的理想村屋。小路說，聽來程序有點繁複，萬一收地怎算，菜園村的事你也知道。阿凡說，法律當然有灰色地帶，也有收地的風險，但那條村應該不會劃入什麼地產項目。賓尼說，在這裡，never say never，政策的事，誰知道。阿凡說，不安全的事我不會做，我朋友說是十拿九穩，他那條村的兄弟，個個都套丁發達了。賓尼說，聽來像《竊聽風雲3》，那些新界土豪聯盟。

賓尼隨即清清喉嚨，開腔哼唱：「是誰令青山也變／變了俗氣的咀臉／又是誰令碧海也變／變作濁流滔天」，阿凡接招，老歌他最熟，唱下去：「風中仍共你癡癡愛在／未讓暴雲壞諾言／即使那海枯青山陷／與你的約誓也不變遷」，小路和李利樂了，筷子敲杯打拍子，賓尼和阿凡由頭唱起，至最後「想不到海山竟多變幻／再也不見舊時面」，餘音未完，小路拍掌，李利拿手機拍照，阿祖始終克制，微笑附和。閣樓其他客人，聲浪同樣震天，對他們的醉態不以為然。

飽餐後，走出店外，阿凡說，遲些薄殼季節，再約去九龍城吃潮州菜。賓尼說好，到時攜自家釀梅酒。小路說，可叫上趙之任，如果他在香港。阿凡說，嗯，也好久沒見他了。一行人從白楊道拐進大南街，深夜無車，路中央走著走著，街燈下，人的影子扁長單薄，一吹就散。

薄殼季節過去，飯局沒影，也沒有人主動提起。過了冬天，收到阿凡死訊。

阿凡喪禮上，小路才發現，張凡是行走江湖的筆名，他原來叫張偉繁，做人怕煩，不想太複雜，化繁為簡才改成凡。是平凡還是不凡，視乎觀點與角度。

阿凡追悼會過後，李利找賓尼和小路，下亞厘畢道外國記者會聚頭，「ＦＣＣ，我地頭。」他是會員，閒時愛來吃飯喝酒。小路先到，李利已喝過兩杯，臉有點紅，等到賓尼也來到，他再叫來一瓶白酒，分倒一人一杯，「呢度，不知以後還有沒有。」他先喝一杯，這一杯給阿凡，「其實死時沒痛苦，是福氣。」賓尼說，照說是沒什麼遺憾。小路說，聽阿祖說，阿凡本來想等房子建好，再辦家宴。李利說，有計劃不如無計劃，我就從來不去計劃，都不知幾時死。三人再碰杯，開始點菜，李利推薦，咖喱可口，必定要試。賓尼遂要了咖喱羊肉，小路以前嚐過，這次點同樣馳名的海南雞飯。

餐廳裡，仍舊五湖四海，不同國籍的駐港記者，各種英語口音滿場飛。這扇窗向世界敞開，有一年國際文學節，旅行作家珍莫里斯來演講，小路去聽，結束後拿書給她簽名。觀眾很多，她耐心跟每一個人說話，白髮老婆婆的模樣，聲音沉厚而溫婉。小路告訴她，讀到那本《的里雅斯特和不知名之地的意義》就成為她的讀者，她看見了別人看不到的東西，威尼斯旁邊寧靜小城，少女小路差點去那裡念書，鳥不生蛋的地方，無人理解的意義。珍莫里斯靜靜聽完，向小路報以微笑「你懂得」，當她知道小路也是記者，她就在扉頁上寫，「給路，願她平靜。」「平靜」大寫，加感歎號，彷彿這是必要的祝福。從威爾斯到額菲爾士峰，從占姆斯莫里斯到珍莫里斯，人生驚濤駭浪，總是在路上，她是懂得之人。

李利問他們，有沒有離開的計劃。賓尼有一堆珍藏存在倉庫，全是舊香港的寶物，家具書籍器物，他說難以捨棄。海運到海外不行嗎，小路問。賓尼說，太多了，運過去也沒地方放。李利說，現在出去也是捱，再多幹幾年，手上資金充裕一點，再看看。賓尼說，情況會更差嗎，說不定有轉機。李利說，是限期，只是限期提前了，像這幢建築的租約，到期了不跟你續約，就沒得玩。三人靜下來，默默吃著面前的食物。咖喱辛辣，賓尼問侍應要來一杯冰水，骨碌骨碌喝下去，額邊微微滲出汗來。小路抬起頭，李利原來沒有點主菜，只是喝酒。

晚飯吃完，李利提議，去荷李活道後巷，他朋友開的一家店，白天是理髮店，剪髮要預約，每次只服務一個客人，周末晚上變作酒吧，舉辦現場音樂會，樂人即席演奏。小店隱蔽，荷李活道轉入善慶街，樓梯下去再彎進後巷，暖黃燈光透出玻璃門，裡面滿是人，幾個樂手彈結他吹色士風，情緒高漲。他們勉強擠進去，坐在閣樓樓梯上，這晚是即興爵士，李利的偶像包生在場，專注彈奏結他，如入無人之境。音樂碰撞出火花，迸發迴響，燃亮這方小宇宙。明天有明天的憂慮，今天且可盡歡。

05

大學同學群組裡，沒有人再提出去找何敏，社交媒體上，她潛入深海，沒再發文。直至一天，小路忽然收到短訊，何敏說想念大家，想約見面。「我想出來中環，就是今晚，你們可以一起晚飯嗎？」何敏深居簡出，從離島出來是天大的事。小路回說她有空，現在來問問其他人。

她把訊息轉發至群組，問晚上有誰可以赴約，先把自己算進去。然後蓮娜說，雖然有點突然，但她今晚剛好沒約，都想見見何敏。黎素美發出舉手符號，說加入。沒多久，阿芝回話：「我今天很忙沒空，她還是那麼高傲，呼之則來揮之則去，隨時想見就見嗎，世界不是圍著她轉的。」阿芝的直白相當狠，眾人不覺冒犯，這幾年來，她總是扮演當頭棒喝的角色，不會迂迴隱藏，朋友之間相處，她認為就該這樣直接，不要虛偽。

小路又想起梅梅，發去訊息問她要不要來。梅梅不屬於這個群組，但她和何敏是中學同學，向來關心何敏，她說下課後可以來。於是約定，梅梅、蓮娜、黎素美和小路，在中環一家她們常去的中菜館，等待何敏到來。

四人先後到齊，熱茶喝著，互問近況。梅梅正在念中醫課程，打算轉行做中醫師。她笑，中年重返校園，腦袋不夠靈活，要花更多時間溫書。黎素美說，快來幫我把脈看看，近日都睡不好。梅梅說，我這是半桶水功夫，不好意思啦，你睡不好，是不是工作壓力太大，凡事不要太上心。蓮娜說，現在誰的工作沒有壓力，都要想辦法減壓才行。梅梅說，對的，要盡量保持心情平和，不要強求。

梅梅以前在校園，舉止慢滋滋的，現在也慢滋滋，但多了一分淡定。小路說，梅梅就是滋悠淡定。眾笑。黎素美看錶，猜想何敏會不會失約，建議先點菜。

何敏遲到，但還是出現了，黑衣黑褲型女打扮，化了淡妝，依然清麗，只是掩飾不了憔悴。一坐下來，姿態卻甚狼狽，她指指腳上的短靴，說大概太久沒穿了，走到半路，鞋底竟然脫落，鞋頭開了口，尷尬得很。梅梅安慰，這是常會發生的小意外，她也遇過呢。蓮娜反應靈敏，不知從哪裡找來兩根橡皮筋，讓何敏圈住鞋頭鞋底，暫時固定了鞋身，「至少走路是沒問題的。」

處理完鞋子的事，陸續上菜，蓮娜給何敏端上一碗湯，著她多喝湯，滋潤一下。何敏轉身去翻背囊，手一動，筷子掉到地上，她想彎身去撿，黎素美按住她，喚侍應來換過一雙。折騰一會，剛坐定，何敏又突然想起什麼來，再翻背囊，說帶了禮物給大家，掏出一排造型可愛的鉛筆，送給每人一枝。梅梅拿著筆，說很可愛啊謝謝，何敏你先好好吃飯，我們待會慢慢聊。蓮娜往何敏碗裡添肉，說她瘦掉好多，要多吃，長胖一點才有氣力。小路不知道該說什麼，低頭喝湯。

何敏喝了幾口湯，吃了一點菜，開始滔滔說事，說她跟西門分居以後，都見不到兒子，西門和他媽媽怕她影響孩子，不讓母子相見。說到這裡，她變得激動，大罵一頓，語無倫次起來。蓮娜拉著她的手，試圖安撫她。何敏思緒轉趨紊亂，眼神飄移，心無定處，飯粒都沾到臉上。

餐桌氣氛凝重，她們四個人望來望去，無法答話。大學時代，她們如此年輕，彷彿有無盡光明的人生可選。隔絕在她們面前的何敏，神智不太清醒，另有一種瘋癲的美態，她就像一隻絕色蝴蝶，困在玻璃罩下，頑強地拍打翅膀，撞向四壁。太美麗是一種詛咒，因為可配得上的人和事其實不多。在她眼中，世界全是庸俗醜陋。

過了一會，何敏終冷靜下來，若無其事繼續吃飯。黎素美問她現在吃藥的情況，她說睡不著還是要吃，一直戒不了。小路提醒她別用酒送藥，她說只有白天才喝一點，現實太難，不喝完全不行。蓮娜說，會好起來的，只要準時吃飯準時吃藥，生活一定會重上軌道的。梅梅教她，平時如何注意保養五臟六腑。

她們有默契，不敢刺激何敏，都順著她的心意說話。一人一句，輪流向玻璃罩投擲訊號，接收到多少算多少，一頓飯，斷斷續續專心吃完。

走在擺花街，何敏還想去酒吧喝一杯。有一陣子，她常獨自到中環夜店消遣，遇到陌生人搭訕，樂得坐一桌喝酒亂聊。何敏講過，那些夜晚，全然輕鬆無壓力，因為無人識她，像換了另一個身份。

她們交換眼神，都說明天要上班，勸她回家休息，一同陪伴她去碼頭坐船，似是護送。沿天橋走過去，過了皇后大道中、德輔道中、干諾道中，走進ＩＦＣ商場，夜色靡麗，燈影流動，時間在足下如細沙流走，冷風吹來，她們靠攏一起，慢慢走，何敏短靴上圈著橡皮筋，步步留神，沒有鬆脫。

到了碼頭，船還有五分鐘才開出。她們輪流和何敏擁抱，蓮娜囑咐，回家泡個熱水浴，放鬆一下，睡個好覺，梅梅說，隨時再約出來吃飯，黎素美說保重，小路說，何敏，沒事的。何敏入閘後，仍回頭跟她們揮手，說再見，下次見。她們也揮手，再約，再約。

她們靜靜看著，她的背影愈走愈遠，終轉進渡輪通道，完全消失了。

當時未知道，這是最後的送別。

06

一年後，八月暑天，小路心緒不知何故不太安寧，確定不是抑鬱復發，忽地想起何敏，不知道她過得怎樣，有沒有快樂一點。梅梅應該知道吧，何敏把所有人推開後，只願跟中學同學聯絡。小路給梅梅發去訊息，梅梅很快回覆說，真巧我也想到她，且讓我跟舊同學打聽去。

第二天，早上八時，小路從一個噩夢中醒來，到浴室洗把臉，煲水煮咖啡，等待時，打開手機，看到梅梅凌晨的留言：「何敏死了，去年七月中自殺，中學同學阿明告訴我，他正在旅行途中，詳情再說。」

小路定定看清楚每一個字，即把訊息轉發至大學同學群組，畫面登時閃現回覆，一個接一個哀悼符號，哭泣、驚歎、問號，唯獨沒有完整句子。蓮娜最鎮定，送出一句：「去年那個晚上其實已有預感，那是最後一面了」。小路放下手機，沙發上呆坐，眼淚不受控流下，滿臉都是。陽光穿透白紗窗簾進來，隱隱約約，一切顯得不真實，像夢一樣。

章然起床，看見小路哭泣，問什麼事，小路說，何敏死了，去年的事。章然過來，抱著小路說，我早就知道了。章然續說，小路可記得，去年秋天我問過，要不要去關心何敏。小路不可置信，驚叫著，「什麼？你早就知道？為什麼？為什麼沒有跟我說？」

小路就地失控，咆哮哀鳴，章然只待在她旁邊，守候著。對於她猝然而來的情緒風暴，他早練就出耐心。不要硬碰，不要對著幹，只要忍受著。像樹忍受烈風，風止了，就可以平靜談話。

小路哭累了，回到床上，再度睡去。中午醒來，章然給她煮了一碗麵。吃飽了，喝一杯咖啡，腦袋淨空，人回復冷靜。小路問，你是怎麼知道她死了的。章然說，她有個中學同學，好像叫阿明的，在臉書私訊告訴我。據阿明講，何敏喪禮簡單，家人想低調，沒通知太多人，只有兩三個舊同學出席，何媽媽很傷心，骨灰暫放家裡。章然解釋，那個阿明，大概接管了她的社交媒體帳號，看到我曾跟她通訊，就告訴我吧。小路說，你怎麼會跟她通訊？她誰也不理的。章然說，她對人的確很挑剔，肯跟我聊天，也許因為跟我不算熟吧。

章然以前陪小路去看李醫生，在候診室跟何敏聊起來，何敏知道他是畫畫的，主動跟他談藝術，她說喜歡攝影，兩人在社交媒體加了朋友。後來何敏沒消息。

去年初中環飯聚後，小路回家跟章然說，不知還可做什麼幫何敏，章然說，每個人有自己的路要走，你想開點。三月，章然去愉景灣參加一個工作坊，貼在臉書上，正要到碼頭坐船離開，收到何敏私訊，問他可有空喝杯咖啡聊聊，她住在島上。約在碼頭商場咖啡店，見面時，何敏說今天是她生日，章然說，那得慶祝一下，到櫃檯買來一塊蛋糕，請她吃。章然記起何敏老失眠，問她現在有沒有睡得比較好。何敏說，還是老樣子，戒不了酒。何敏問他，最近畫什麼，兩人東拉西扯聊著，喝完咖啡，章然趕船去中環，說有事再聯絡，著她保重。

小路問，她明知你是我男友，還單獨約你喝咖啡，這樣不是有點過分嗎？章然說，那天她生日，她只是寂寞，隨便找個人陪一下，我碰巧在島上，沒什麼。小路默然。有一年何敏生日，小路特地去離島，帶了氣球和她喜歡的布偶，結果不歡而散，兩人都慪氣，沒有再一起慶祝生日。小路生日，何敏也沒發來祝福。

何敏隔兩天再找章然，跟他在線上聊天，邀章然去離島看她。章然去她家，發現她的生活狀況，簡直一團混亂，窗簾緊閉，家裡地板到處是毛髮，兩隻貓患皮膚病，貓身甩毛一片一片禿，焦躁在主人腳邊繞來繞去。貓砂擱在客廳，臭味難聞，何敏卻不在乎，光著腳攤開手，眼神空洞。他光是替她打掃清潔，就用了半天，最後還煮了飯，差不多傍晚才離去。

小路說，你竟然還登堂入室，你和她上了床嗎？章然說，你說話別這麼難聽，她是你朋友，情況很糟，我只是不忍心，你當是代你去照顧她吧。章然望著小路，再說一遍，我和她之間，什麼也沒發生，她都感覺有點對你不起，後來叫我不要去，但我擔心她，還是想去看看她。

小路垂頭，想到小金小白，主人落難，貓也過得不好。何敏愛貓，兒子似乎對貓毛敏感，皮膚很多問題，老長濕疹，西門勸說把貓送走，她不願，最終西門在坪洲買一戶村屋低層單位，讓菲傭和貓同住，菲傭每天到愉景灣上班，何敏每周去坪洲探貓。沒想到，不到幾年全城樓價瘋漲，低價買來的村屋升值幾倍，西門資產帳面大賺，誇小金小白是招財貓，優質貓糧侍候。

那段日子，章然隔天去探望何敏，幫她重整生活，睡房床褥翻過來，鋪好新床單，買新鮮食物飲料放雪櫃，倒垃圾丟雜物，修理廁所壞了的燈，煮飯洗碗，像個鐘點工人，不，管家。初期，何敏氣息明顯改善，吃完飯乖乖吃藥，有時讓章然陪她去海邊散步，兩隻貓也平靜，不再掉毛，禿處逐漸痊癒。

章然說，她病了，完全不能自理，家裡亂七八糟的，什麼食物也沒有，只有貓糧，我沒和你說，那時你心情也低落。

那陣時，小路是阿凡追悼會成員，跟賓尼忙著編印紀念小刊，阿祖和趙之任寫文章，李利找圖片剪接短片。事後，趙之任說，早走的人是幸福的，我估我會很長命，走時不知有沒有人這樣隆重送我，小路瞟他一眼，那你記好，最後離開的人，負責關燈。

小路怪責章然，你是應該告訴我的，我們同學可以去看她。章然一臉為難，她不想看到你們，你還好一點，其他人她都不喜歡。小路說，她什麼都不喜歡。朋友想分給她一點溫暖，她當是偽善。

小路仍然有氣，然而更多是悲傷，她想像自己站在海邊，浪湧上來，無際無涯，要把她捲走。海風中，她呼喚，何敏何敏，那樣孤單。

小路又問，你們都談什麼？章然說，什麼都談，她喜歡藝術，問我很多關於美學的問題。小路說，當然了，何敏愛美，但她竟然跟你談得來。章然說，因為我從不批評她，只聆聽。小路忽然想起什麼，再問章然，她跟你說英語嗎。章然說，不是，她的普通話說得好。小路若有所思，她念中文學校，普通話比我流利。章然點頭，對，但可能太久沒用，她都要想一會才說出句子，最記得她說，「許多人向生活屈服」。

「許多人向生活屈服。」

小路看向章然，他是個太陽，精力充沛，沒有一刻停下來。也許，何敏最後只是想從他那裡，借來一點生命能量，給自己的世界添點光。

小路默唸了一遍，「許多人向生活屈服」，喃喃道，她說得自己有多清高呢，生活泥沼骯髒纏人，她自以為不用屈服，是因為有別人代替她去屈服吧。小路提高聲音，不是她丈夫去銀行上班還房貸，她穿的住的養的貓生的小孩，誰去付這個帳單？我們辛勞工作，自己養活自己，看人臉色，仰人鼻息，難道就沒臉見人了？她不要覺得我做文化工作，錢沒賺得多，就以為我和那些高薪厚職的她們不一樣，我沒有好一點，我們都一樣庸俗，一樣狡猾，一樣狼狽。你去跟她講，許多人向生活屈服，因為不這樣做是沒法活下去，活下去才是最重要的，懂嗎。

小路一邊說一邊哭，用手抹著淚，鼻涕不斷流，她從紙巾盒抽出紙巾，抹了一把。

章然說，她不是這個意思，她說的是品格，不是說不要去賣力工作，她說的是，如何討生活，仍能維持一種高貴的質地。

小路放聲嚎哭，我們曾經也那樣相信著，想要實踐出來的，她怎麼就這樣放棄。

章然持續去看何敏，過了兩個月，何敏生活規律漸生，他忙於籌備畫展，就沒再去愉景灣，何敏也叫他不要來，只在線上留下片言隻語，沒頭沒尾，後來直接把臉書關掉。

六月假期，章然和小路去歐洲旅行，從南法一路到南意，地中海陽光和煦，蔚藍海岸無憂無愁，照片裡兩人膚色健康，笑得見牙不見眼。

終站羅馬停留幾天，沒日沒夜走路，清晨，正午，黃昏，黑夜，廢墟幽魂，凱撒大帝的羅馬，費里尼的羅馬，夢妮卡維蒂的羅馬，梵蒂崗，萬神殿，米高安哲羅，鬥獸場，李小龍，權力，欲望，酒池肉林，君王，美人，榮光，傾頹，《創世紀》上帝與亞當，指尖之間最遙遠的距離，伊甸園永別，戴罪，離散，流放。許願池投幣，但願重來。如果可以重來。

仲夏，何敏精神狀況變差，數度進出醫院，出院後，媽媽接她回老家同住，七月半夜，何敏亂衣奔出走廊，越過欄杆縱身一跳，告別她不喜歡的世界。

十九歲那年夏天，長途火車深夜抵達上海，火車站有人招客，小路算算房價甚便宜，就和何敏登上麵包車，到了招待所。房間簡陋，共用浴室，走廊人聲混雜，床鋪有蚤子。

暗黑中，傳來嗚咽聲，何敏不習慣，躺在床上啜泣。
「我想回家。」
「別怕，等到天亮，我們就回家。」

終章

01

大疫悄然來襲，病毒神秘兇猛，城裡的人，以為沙士重來，急忙戴上口罩，嚴格消毒雙手，搶購物資囤積糧食。最初武漢封城，畫面駭人，全球如臨大敵，疫情迅速擴散蔓延，歐美城市陸續封城，米蘭、巴黎、倫敦、紐約，街上無人，末日景象啟示，上帝之子將要回來。

病患隔絕，瘟疫鎖足。死者太多，棺材不夠，屍體用白布包裹，一排排送進焚化爐，沒有喪禮不容追悼會，骨灰待領。教堂喪鐘整天敲個沒停，一條小村死掉一半老人，沒死的醫院躺著，心肺廢掉。

復活節周末，米蘭大教堂前，只剩下鴿子的廣場上，盲眼男高音波切利獻唱，用上帝吻過的聲音唱出《奇異恩典》，安慰受苦的靈魂，「奇異恩典　多麼動聽的聲音／救了像我這樣的可憐人／我曾經迷失　但現在給找回了／以前我是瞎的　但現在我看見了」。信望愛。人間無所依憑，向蒼天舉目，祈求的，只是憐憫。耶穌受難前，尚且軟弱，在客西馬尼祈禱，求父把苦杯撤去，然而下一秒祂就選擇順從，「父啊，在你凡事都能，求你將這杯撤去，然而不要從我的意思，只要從你的意思。」

盛夏過去，疫情沒有減退，這個病毒和沙士不一樣，高溫不能殺死它。死者還是一排排送進焚化爐，當死亡龐大得剩下數字，隔離變成常態，驚惶也轉化為習慣，活著的人，口罩戴緊，頻繁消毒，日子照樣要過。

疫情暴烈無情，硬生生把前一年的抗爭風暴壓下來，連同創傷後遺鬱卒情緒，驀地隔絕封印，所有鎮壓手段導向抗疫，流動的水停滯，出口堵塞，被迫四散竄逃。封城未完，交通困難，機場仍擠滿離開的人，離家、留學、移民、走難，出境大堂前，至親相擁，舊友話別，歸來未有期。下一層的接機大堂，去夏坐滿抗爭的人，一幅流動連儂牆掛起，貼滿留言紙：歡迎來到香港，我們只是想跟你說，這裡的真實故事。「沒有暴徒」。

「你們祈求，就給你們；尋找，就尋見；叩門，就給你們開門。」

你們沒有得到，門沒有開，只是時候未到。什麼時候才是時候，末日到了。

說，剛才從家中出來，街上看到幾個警察，圍著一個男孩問話，男孩穿黑衣，拿著一個球拍，我聽說警察專門截停少年，就站在旁邊看，其中一個警員叫我走開說沒我的事，男孩戴著口罩，光看眼神也很無助，我真氣。小路說，你做得很好。周可怡說，我等到他們查完男孩才走開，所以遲了一點過來。旁邊一個女乘客，轉頭看了她一眼，周可怡不作聲。巴士先抵川龍，有些乘客下車，到村裡茶樓飲早茶，泡茶用的是山水，水清茶香，大影星發哥常幫襯，屢給民眾「野生捕獲」，打卡拍照放上網，親民形象深得民心。不久到了郊野公園，乘客悉數下車。小路領著周可怡，沒有隨大隊走向小食亭，直接登山路走麥理浩徑。山路陡斜，但階級鋪砌完善，不難走。周可怡久沒運動，初段吃力，不一會要坐下休息。她們不趕路，有的是時間，邊走邊談。香港幾任港督，都愛上香港的山景，鋪築山徑，建郊野公園，麥理浩、衛奕信，路線清晰，每段標記。想像他們回去英國老家，濕冷冬天裡，壁爐邊遙想前東方殖民地，懷念那些山路，或許勝過城市高樓。走到一處高點，景色忽然開揚，看過去八鄉，一片平原，此時有霧，遮蔽遠景。再往上走，霧散開，望去無際，隔了一條河，就是深圳后海，高樓聳立，對比香港這邊鄉村農地，恍若空中樓閣。最後一段登頂的路，改走大馬路，路面平坦螺旋上升，望著山頂的「白波」，步步靠近。她們走走歇歇，不知不覺，終於到了頂，霧氣湧上，看不見山下。空氣無比清爽，露珠串串掛野草。「白波」所在，政府官地，據聞是天文台、大雷達駐點，大閘阻擋，閘後一幢低矮建築物，守衛森嚴，閒人免進。遊人閘前拍照，登峰留影，普通話嚷嚷，擺出勝利手勢。小路和周可怡趨前湊熱鬧，赫見建築物外牆上，紅漆簡體大字：「听党話　跟党走　能打仗　打胜仗」，觸目驚心。周可怡驚問，這是什麼地方，軍事重地嗎。小路掩眼，美學災難，不知什麼時候寫上的。她們不再看，也沒拍照，轉身急步離開。一群單車愛好者，順車路踩上來，人車聚集，拍集體照，不在意背景的紅字。下山她們改走馬路，開闊易走，惟兩人都有點悶氣，黨式標語的視覺衝擊，粗暴把她們扔回現實，步履帶著心事。

到了山下，她們折回川龍村，想到茶樓吃點心，沒料到已經過了營業時間，店員清洗地板收拾碗碟，著她們下回請早。難怪巴士乘客提早下車，下次要早上過來，一嚐山水靚茶。小村內其他食店，也相繼關店，她們只得坐巴士回市區，商場裡隨便找了一家日式餐廳，吃壽司、天婦羅和串燒。餐廳晚市停業，她們匆匆趕在傍晚六時前結帳。入夜後街上水盡鵝飛，疫情前的鬧市繁華，愈夜愈旺，直是兩個世界。

周可怡多留了一個月，回去英國前，問小路，待疫情緩和後，要不要來英國住。她說，很多人移民過來，有了那個ＢＮＯ簽證，如今容易多了。小路望向周可怡，眼神有點惘然，說不知道，留下來很難，離開也不易放下，章然提過想回紐約。周可怡說，hope for the best, prepare for the worst，保重了。

03

疫苗推出，民眾輪流去打，有些人憂心副作用，躊躇未定。幾波爆發之後，漸趨穩定，歐美重新開放，離城的人愈來愈多，機場離境飛機增班次，更有空機來載滿人走。局勢急轉，風譎雲詭，中產家庭見勢色不對，急賣樓轉移資金，英美澳加熱門地，海運越洋搬家。

離開之時，或心中有愧，背負罪疚，不敢高調，餞別宴不吃，到了當地，也沒聲張。通訊群組中，道別欠奉，聯絡電話悄悄換字頭，852碼換成44或1，頭像改貼「香港加油」。有人臉書潛水多時，重新露面，異地新生活，反比往日敢言。

留下來的，不離開可能是無法離開，可能是不想走。城若圍城，城外自由四方，城內李利在街頭拍的那批照片，全部上傳雲端，密碼交給外地友人下載存檔，他把電腦硬體檔案刪去，手機清零重置，連臉書名字也改了，不是熟人認不出來。小路經他提示才找回他的帳號，看到過去兩年狀態全是空白，最新只有幾則轉發的防疫用品買賣訊息，他說已轉用推特和ＩＧ，臉書留著只看不發。他的老朋友保羅，兩年前夏天重回此地採訪，戴防毒面具奔走街上，躲避催淚彈，圖片給通訊社賣遍全球。保羅寶刀未老，身手矯捷，戰地採訪的經驗大派用場，他教李利煙霧後如何洗眼洗身，移動時不讓鏡頭毀掉，同時要小心流彈，「保護你的頭和眼睛」。李利的鏡頭，離開華麗衣裳和攝影棚，近年轉向紀實攝影，但那陣子，他發現自己無法觀看。一群全身黑衣黑褲防毒面具黃頭盔少年，保羅攔住他們，說拍張團體照，讓他們一字排開，各自舉起手上的自製盾牌，都是家裡的木板、破門、發泡膠等，有的還貼上圖案貼紙，眼神閃著童真。保羅說，「噢那些孩子」。另一條街上，警察正把一個青年推上警車，遠處幾個街坊舉起手機大喊，「快，你叫什麼名字」，青年聞聲回話，再報上地址。有一個夜晚，李利隨人群疏散，灣仔小街左轉右拐，他熟路匿進一幢舊樓，和幾個人躲在梯間。鐵閘門外一群人跑過，有一個男的，守在最後讓其他人安全走遠，李利想開門把他拉進來，大批防暴警察不知從哪裡撲出，黑衣男瞬間不見，李利不知所措，難以解憂。李利把檸檬汽水喝掉，望向窗外，三人無言。

夏天將盡，賓尼奔向倫敦，趕在秋冬前租房子安頓。到埗後，只發來訊息，報一句平安，催促小路快點起行，別再耽擱。

小路沉吟，不是耽擱，前方有什麼等著她，實在沒有。事情溜走太快，情緒還沒完全消解，疫情困鎖，什麼都感覺不到。兩年前的事，只在法庭審判之中，重新讓記憶回帶，文字和影像確鑿，一切曾經發生，不是夢。如果沒有這些記錄，像昏迷醒來的人，抹去臉上的淚痕，茫無所以，遁入真空，不知道真正經歷過什麼。

時間許可的早上，小路去法院旁聽。不管多早到，門外早已排了一些人，外表看來是街市和茶餐廳出沒的師奶大叔，有幾個經驗豐富的，跟小路解說，如何取籌，什麼情況能進入內庭，人多時要在外面看直播，她們說自己是「旁聽師」，每天都來，旁聽完，有人就變身「送車師」，負責在囚車經過的路口等待，向車上的人喊加油，開手機閃光。「他們會看到我們的支持的。」師奶聲大直爽，不時把口罩拉下來透透氣。

法庭安靜，旁聽席偶有躁動，即刻歸於靜默。他們走入被告欄，等待宣判，然後成了囚徒。來者早有準備，穿上沒縛帶的鞋子，確保衣裝符合入獄規定，膠框眼鏡、身外物繁瑣要求，謹慎對待，守法先守規矩。神態卻是從容，抬頭挺胸，坦言「我認罪／我不認罪」，自辯陳詞，通篇總結是一個字，「愛」。誰能審判愛。

家人朋友牆外張羅，食物、日用品、書籍，逐一備妥，家書不間斷，依時探訪。刑期較短的，夠鐘出來，齊去接「放學」。跨過火盆，祛去穢氣，前事已過，不要回頭。牆內還有另一批待審，遙無上庭日，放學無期。

疫情永續，疫苗一針打完還要再打，口罩成時裝必備，透氣款式多變，少男少女長滿暗瘡，養在深閨人未識。大學生在家上課，還沒接觸多少同學老師，就要畢業。那年街上遇見的同路人，相逢對面不相認。

04

何敏骨灰放媽媽家中，排隊等候龕位。那個叫阿明的中學同學，給章然傳訊息，說終於等到了，骨灰龕在柴灣墳場，附上位置編號，又補充一句：靠近山頂。小路算了算，五年。所謂港式生活，生前排隊買樓，死後安葬也不得安寧，等一個小方格，同樣天荒地幢平實建築，每層安置一格格龕位。他們乘電梯上樓，依編號逐段找卻沒找到何敏，來回兩趟，方發現不是這個路段，碰到一個清潔工人，她指指山上另一幢新建築。的士已開走，兩人於是徒步上山，頂著烈日，汗沾濕了白襯衣，戴力說，有點像從前山上校園，本部上書院，那條長長的斜路。兩堂之間轉換課室，趕不及校巴，一雙腿上山下山爭分奪秒。小路護著手上一束白花，早上去花店買來，何敏喜歡的桔梗。這個墳場規模大，依山一級級立著墳墓，外圍數幢多層建築設有骨灰龕位，每年清明重陽二祭，孝子賢孫排山倒海，出入車輛水洩不通，警察現場指揮交通，改道而行，疏導掃墓人潮。區內燒臘店馳名，老字號新桂香買燒肉，祭祖後現場分食享用，福蔭後人。

沿路走了半小時，到了山頂，一座新建的靈灰閣，開放式設計，背山面海，清風吹來，夾著海洋氣息，驅走暑悶。小路掏出手帕抹掉額上的汗，從背包裡拿出礦泉水解渴。戴力對照編號找尋何敏，一會兒，指著中高層一格，「呀，找到了。」鞋盒一樣的小格上，一幅黑白頭像，何敏短髮，輪廓標緻，笑容靜美，隔鄰上下左右全是老人頭像。兩個人站在何敏龕位前，垂下頭默哀片刻。然後戴力拿出紙巾，抹掉名字碑上的灰塵，小路提醒，她中學同學說過，額上一抹紅點是上位儀式，小心別抹去。小路整理花束，想要插在旁邊的小花架，架子很小，拔掉枝葉，勉強插進。置在底層的龕位，拜祭者乾脆把花束放在地上。清理完畢，兩人凝看碑上的字，「愛女何敏之墓」，生卒年月，廣東新會人。戴力說，山上校園，她是最美那個。小路說，前幾天我忽然想起，那時我們拍的那部短片，竟還放大她的照片做遺照道具，我們真是狂傲。戴力說，那時我們有封利是給她嗎。小路搖搖頭，不記得了。戴力說，只怪當時年輕，不知畏懼。二人靜立，夏風輕輕拂臉，往事一幕幕飄過，天高雲遠。最後，戴力說，走吧，下次再來看她。小路點頭，收拾地上的枝葉。臨走前，他們再三鞠躬，始循原路下山。

小路說，曾經想過，如果何敏沒死，經歷過二〇一九年，會否改變主意，選擇活下來。戴力說，啊我懷疑，她不是太關心政治吧。小路說，不是政治，是姿態，她在乎的是姿態，也許，我只是說也許，當她看見許多人不願屈服，說不定會重新找到勇氣。戴力說，不知道，也許是更絕望。

小路同戴力講，何敏最後的日子，章然去照顧她。戴力聽完，沉默了一會，跟小路說，你別跟死去的人計較了。兩人靠著馬路邊，借點點樹影遮陽，慢慢往山下走，墓碑扎滿山頭，烈日當下，死亡怒放。小路低下頭，眼神藏於太陽眼鏡後，口罩遮住表情。

戴力剛把房子賣掉，暫時轉租，移民的事，他還沒拿定主意。兩個小孩，一個幼稚園，一個小學，他太太覺得可以多看兩年。戴力說，最遲明年得動身，等六年後入籍，以後升大學可交本地生學費，差別很大。小路說，你做事真有計劃。

戴力說，我有老有嫩，不計劃不行。突然重重歎了一口氣，望向山下遠處。他說，年少的時候，我以為等到我們長大了老了，世界的遊戲規則由我們決定，就會變得更自由開放，但是原來，人老了會變得迂腐。他有點難以接受，一同念書一同學習的舊識，價值觀是另一個世界。小路想開解他，難怪女同學都說你凍齡，大家都變了，只有你還是那個山上少年啊。戴力苦笑，你們別笑我了，生活逼人，我是身心俱疲啊。

新聞片段中，宣誓的政府官員裡，有貝蒂的身影。大學時，小路和貝蒂參加北京交流團，夜遊天安門。小路上一次看見她，是二〇〇三年七月一日。回歸六年，疫後餘生，五十萬人上街，銅鑼灣遊行去政府山，日行到夜，多重訴求，各式舉牌抗議躁動滾燙，暑天酷熱，人海淹滿港島東行主要大街，黑壓壓一片靜，汗流反覆抹乾，小路和同事在軒尼詩道士多買水，重遇貝蒂，彼此點頭，揮揮手，匯入人海。

戴力說，我記得那天，我也在街上，遇見多年沒見的小學同學，那時五十萬人已不得了，誰知現在二百萬也無用。說完拳頭緊握，向空氣揮去，落入空無。

戴力輕歎，要找一天回去山上校園走走，吃吃檸檬批也好。小路說，那餐廳快不做了，而且現在都不能自由出入校園，保安要查學生證。戴力又歎氣，不知道該說什麼。兩人走到地鐵站，共乘一段，鰂魚涌轉車站分別，待秋涼再約。

有些事情發生了，永遠改變了一些風景。通往回憶的軌道，此路不通。二號橋激戰後翌日，一個舊宿友立馬聯絡小路，相約回校。宿友住馬鞍山，前一夜看到隔岸校園冒出煙火，晨起早早出門，「以前從大學宿舍窗口望出去，一片烏燈黑火的對岸，如今我要從那裡出發，走路回去。」她傳來照片，讓小路依著她指示的路線，徒步上山返校。

山下設有物資站，街坊分發水、乾糧、衣物、藥物，一輛輛單車負重飛馳，沒單車就用走的。過了城門河，沿山徑走，又遇另一個物資站。「物資已夠，請轉送別的大學。」眾人當場把物資分類，轉交單車手載走。樓梯上一條人鏈築成，一級一人傳遞物資。大埔道塞滿接送的車輛，四輪的難移半寸，只容電單車穿梭車陣，分載人和貨。校門前，鐵馬傘陣雪糕筒路牌疊起，砌成路障。

門旁入口，幾個黑衣人檢查來客背囊，逐一放行。校園內，行人路上磚塊翻起，雜物四散，椅子歪倒路邊。飯堂仍開放，廚房有員工準備食物，櫃檯擺上錢箱，食客自由捐款。長桌上放滿飯盒，摸一摸，還是暖的。瓶裝水、杯麵、餅乾、糖果不缺，幾座乾糧小山。一個男生過來，問小路如何去山上書院，「我妹妹是舊生，現在台灣讀書，叫我幫她回學校看看。」飯堂對面荷花池，清淨如昔。沿路轉上一號橋，大樓角落有字「大學撐住！」，附近聚集大批記者，穿反光衣戴齊裝備。小路認得幾個攝影記者，有人守了一夜，正要離去，換其他同事來接班。再往前走是二號橋，經過運動場，大太陽下，黑衣黑褲黑口罩數人，田徑場上練跑、投擲，看台上更多人，或坐或躺。燒焦氣味瀰漫，刺激難受，地上鋪滿磚塊陣，樹幹倒下在路中央，一輛校巴打橫停泊。

宿舍前停著另一輛校巴，正要開動，小路用大學時期追校巴的直覺，拔腿向校巴奔去，僅僅趕及從後門上車。車上全是黑衣青年，情緒高漲，問這車目的地，「四條柱。」前座一個黑衣女孩，喊小路到身邊坐下。年輕司機戴黑口罩，邊開車邊跟同伴說話，「乜波嚟㗎？」「棍波呀！」同伴笑：「今日熟手咗好多喎。」浩浩蕩蕩，青春飛揚。山路彎多路壆也多，乘客不住打氣：「慢慢來，小心啲。」平穩駛過一個路壆，換來一陣歡呼。到站停車，「係咪落車啊。」打開車門「落客」，「係咪冇人落車啦，冇就開車。」「好專業呀，你以後可以揸校巴喇。」笑聲溢滿車內。抵達停車場，校巴安全泊好。下車後，小路回頭看看車身，已噴上「自由號」「戰鬥」字樣。正門四條柱前，擺滿物資，地上一堆空瓶子。路牌塗黑，建築物牆上遍布塗鴉。一個青年駕小型推土車駛過，後座兩個人分站兩邊，各拿兩袋物資。

本部大樓壁報板後方，有小型救護站、充電站。青年躺地上睡覺，打開傘遮光。這處平靜如風眼中心，不知道未來還會發生什麼。角落裡，一個黑衣女子接受訪問，談救護工作。拍攝中途，兩個女孩奔來，跟她說了幾句，把夾在衣領的收音器脫下，她揹起背包跟從她們離開。記者打電話向上司報告：「訪問做到一半，有學生走上來說有個case，前線的人不懂處理，要她去看，拉她走了。」

行政樓旁一列樓梯，逐級寫上六月以來事件日期。圖書館前面，烽火台冷清，太極雕塑繼續踢腿，地上噴白漆大字：「香港人打天下」，對面研究所牆上塗有句子：「願力起香港　揚厲美善　此身當勇往」。大道上，畢業典禮的場地布置還沒拆下來，顯得寂寥。電腦樓老神在在，通宵趕寫論文，冷氣如雪房，總有同學忘記存檔，文稿驟失哀嚎遍野。功課寫不下去，大道散散步透透氣，山中一日，世上千年。

暮色漸降，小路快步下山。宿舍大樓外，一些學生拖著行李箱離開，一些穿便服拖鞋

9 乜波嚟㗎：「這是什麼波呀？」此處指駕駛操作排檔變速，「自動波」是自動變速，「棍波」則要手動調節。台灣稱「自排」和「手排」。

手拿飯盒，生活如常。路邊欄杆，有女生練習跨欄，男生從旁指導。校門前，幾個人砌起磚牆，門外一條長長人龍排隊要進來。

05

寶兒進醫院動手術，子宮瘤。小路問了媽媽，婦科手術後補氣，可煲黨參北芪淮蓮瘦肉湯，小路去肉檔買瘦肉，煲湯給寶兒喝。在家休養兩星期，大致恢復，去看老醫師調養，候診室等候叫名，寶兒和小路聊著，坐旁邊的阿婆八卦，插嘴問寶兒有沒有結婚生子，「唔生仔就生瘤」。寶兒不生氣，緩緩說，子宮長瘤很平常，我這是良性的，很多人結婚生子還不是一樣生癌。阿婆不再多言。

老醫師把脈看舌頭，戒口清單照樣遞上，避免激素食物，禁冷飲。寶兒執藥帶走，回家自行煲藥，小路陪她買瓦煲。疫情期間，公司實施在家上班，寶兒煲中藥，兼顧網上開會，業務照常發展。寶兒乾脆向公司申請，回台灣探親及短住，遠距離工作。回去後，她天天給小路發照片，到處吃美食，周末泡溫泉，花蓮台東台南短途旅行。視訊聊天，寶兒說，台北來了很多香港移民，淡水林口一帶特別多，街上幾家港式餐廳，點心粵菜水準甚高，連菠蘿包也有。她特地去中山站的銅鑼灣書店，看林先生和買書，「他就和從前在銅鑼灣一模一樣呢。」從前在香港，寶兒極少逛二樓書店，銅鑼灣書店只去過一兩次。寶兒說，哎呀，人就是這樣，以前只當是平常，不為意會失去。全身麻醉過一趟，寶兒發現，能安全醒來已是萬幸，舊日生活片段一一重播，她以為自己快要死了。現在換個活法，吃飽睡足，多喝水，做瑜伽，看劇追星，不想太多。

小路問，你是要在台北長住嗎，還回香港嗎。寶兒說，很久沒回來，這陣子住媽媽家，感到這邊城市生活變得有趣，空間較人性化，只是工作薪水沒香港高，我先待一會，再想想看，你有空過來探我。

公關卡露發來展覽開幕邀請，「李小龍故居復現展」，地點在銅鑼灣一幢商業大廈，明年他逝世五十周年，還有其他紀念活動。小路早前去醫院探望寶兒，坐車經過九龍塘金巴倫道，李小龍故居平房已拆卸，建起新式兩層豪宅，門口擺著物業代理的宣傳牌。

小路把展覽資料傳給林木，晚上收到他回訊：「真巧，我正想通知你去看。」林木說，李小龍影迷會爭取保留故居失敗，拆卸之前，幾個朋友進去量度拍照，收集所有資料，將來會用在元宇宙，復刻一切，重現李小龍的世界。元宇宙未實現前，可先看銅鑼灣這個展覽，利用虛擬現實技術，觀眾戴上特製眼鏡，能親歷其境，「沉浸式」遊覽故居。

林木目前的投資項目，全部投放在未來，元宇宙是關注重點。他說，這是一個真正「去中心化」的世界，沒有中央管理，每個人或公司都可以獨立經營空間，完全自由。

小路說，那就是和現實平行的，一個更全面的虛擬世界。林木說，是平行的世界，但同時和現實同步，元宇宙中的身份、創作內容，和現實緊緊扣連，產生影響力，隨著相關技術發展成熟，例如人工智能、區塊鏈、虛擬貨幣等，可迎來真正的平等。

小路說，元宇宙革命，聽來很有野心，但數碼鴻溝日益加深，現實世界貧窮的人，更無法參與虛擬世界的遊戲，這不是公平的規則。

林木不說服小路，只說，給點時間，等著瞧，元宇宙神奇之處，可以修補現實中無法修補的差距，舉例，一個四肢癱瘓的人，在元宇宙可以是滑雪運動員，來去自由，還有無限可能。林木也分批買入虛擬貨幣，當作將來移民火星的飛船票，「地球沒救了，留一條後路。」林木說，認真的，我多留一張船票給你。

地球氣候反常，冰山融化，酷熱難當。天文台公布，歷來最高溫九月，何謂歷來，得回溯至最早紀錄，一八八四年。

星期天午後，小路出門行山，背包放了一瓶水、毛巾、手機、錢包、替換衣物、擋風外套，戴上遮陽帽子。走上堅尼地道，迎面而來兩個白髮老人，女的捧著一束白菊花，問小路怎麼去英國領事館，男的說他們從新界出來，搭巴士「落錯車」，小路指指山下金鐘，循山路下去可到正義道，再拐進法院道，想了想，怕老人難應付山路，又教他們先去太古廣場，轉乘電梯上去香港公園，旁邊就是領事館。英女皇逝世，九十六歲終，查理斯王子七十三歲，繼位為查理斯三世。前殖民地小城，英國領事館門前，鮮花如海，弔唁女皇民眾大排長龍，繞著公園延至紅棉路。二十五年前，查理斯王子代表女皇，來港出席主權移交典禮。午夜過後，大不列顛尼亞號，載著王子和港督一家，雨中駛離維多利亞港，圍觀民眾推倒鐵欄，跑到岸邊揮手告別。

小路沿寶雲道東行，至尾段快接入司徒拔道前，立著維多利亞城一塊界石，尖錐頂，石身刻「CITY BOUNDARY 1903」。界石已有六塊，一群歷史愛好者去年山林探險，龍虎山、摩星嶺、玫瑰崗一帶，再多發現三塊，獲納入古蹟文物，至今現存界石共九塊。

以石為界，小路回頭，寶雲道折返，轉上灣仔峽道，打算繞上布力徑。灣仔峽道陡斜非常，立秋後山澗水道乾竭，林蔭中瞥見灣仔合和中心，頂層旋轉設計，小路記得，小時候和家人在旋轉餐廳吃飯，窗外風景轉一圈，很慢很慢，旁邊一桌遊客大笑，說旋圈使他們暈眩。灣仔峽道終段，右邊一條小徑，標示「荷蘭徑」，指示牌上一個小風車裝飾，模樣可愛。入口一個小避雨亭，小路停下來，看說明牌，字漆剝落大半。

「荷蘭徑是一條蜿蜒小徑，橫跨灣仔區及中西區，位於山頂道之下，寶雲道之上，連接灣仔峽及馬己仙峽，全長約一公里半。

這條小徑並無正式名字，據說以往曾是一批荷蘭人步行往返住所及工作地點的常經之地，因而被人稱為荷蘭徑。

荷蘭徑沿途環境清幽，遊人可觀賞不少奇岩異石、清溪流水，以及各種植物，更可俯瞰中環、灣仔及維多利亞港一帶的美麗景色。」

這段路她沒走過，看看時間，下午三時，跟章然約好，晚上去姐姐家吃飯。姐姐一家決定移民，想帶爸媽同行，約小路來家中商量。

小路算了時間，大抵足夠，就走上荷蘭徑。小徑沒有其他遊人，初段平坦，隱約看得見灣仔金鐘的大廈，漸漸深入林間，石屎路斷了，接上泥路，愈走愈泥濘，兩旁草木茂密，如熱帶雨林，樹幹粗壯高大，遮蔽了天空。颱風後沒有清理，樹枝倒下，土石流的碎石覆蓋路面，小路攀著樹枝踩過石塊，森林裡呼嘯著各種聲音，鴉叫陰沉，四周暗下來。一隻大鳥飛過，似向她襲擊，嚇得她蹲下掩頭。她疑惑是否該往回走，猜想終點應該不遠，仍繼續向前走。一個轉彎，左邊一道岩石陣，夏日水源充足該是瀑布，路邊藤類植物亂長，張牙舞爪，彷彿把人吞噬。突然連響幾陣雷聲，大雨欲來，小路加快腳步，森林發出咆吼，樹葉搖晃，亂石滾下來，她不敢停留，一直走，一直走，朝著出口。

二〇二二年九月十五日　香港

後記

此小說起筆於二〇一八年，後因個人、社會事務停筆，疫情期間零散續寫，二〇二二年九月十五日完成。

小說裡的人物、故事，皆取材於現實，但小說自有生命，尤其敘事與想像，下筆時被一股強大的力量催促，非寫不可。

混雜、曖昧、燦爛與自由，那個香港確實存在嗎？Good old days?

我們這一代，成長於八九十年代，殖民地與所謂的黃金時代並存，經歷時代變遷，淒風血雨。在這城活下來、活下去，從來不易。

或是系統壓迫與宰制個體，或是人生而渺小。然而，抗爭並非以把對象推倒為目的，而是抗爭自是其價值。如此順應自己內心，主體在自己，而非對方。

本應如此。

世事無常，壯年卒歿，天心月圓，枝繁葉茂。

枝繁葉茂

寫作路上，感謝一些人的善意與幫助，皆銘記在心。

最是感激馬玉江的陪伴和鞭策，他的藝術時時啟發我，他對創作的信念與虔誠，總是給我力量，令我不敢懶怠。

謹把這書獻給我的父親母親。

二〇二三年六月　香港

國家圖書館出版品預行編目(CIP)資料

枝繁葉茂/陳寧著. -- 初版. -- 臺北市：遠流出版事業股份有限公司, 2023.09
面； 公分

ISBN 978-626-361-265-5(平裝)

857.7 112014731

枝繁葉茂

作 者｜陳寧

副總編輯｜陳瓊如
校 對｜魏秋綢
封面版畫｜馬玉江 Ma Yujiang
封面設計｜莊謹銘
內文排版｜宸遠彩藝工作室

發 行 人｜王榮文
出版發行｜遠流出版事業股份有限公司
地 址｜104005台北市中山北路一段11號13樓
客服電話｜02-2571-0297
傳 真｜02-2571-0197
郵 撥｜0189456-1
著作權顧問｜蕭雄淋律師
初版一刷｜2023年09月30日
定 價｜新台幣380元

YLib.com 遠流博識網 http://www.ylib.com
Email: ylib@ylib.com

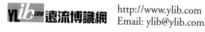